20 世纪 80 年代文学接受史研究

——以《平凡的世界》《古船》和《红高粱家族》为例

万水　包妍　著

山东大学出版社

图书在版编目(CIP)数据

20世纪80年代文学接受史研究:以《平凡的世界》《古船》和《红高粱家族》为例/万水,包妍著.—济南:山东大学出版社,2018.10

ISBN 978-7-5607-6212-8

Ⅰ.①2… Ⅱ.①万…②包… Ⅲ.①小说研究—接受学—中国—当代 Ⅳ.①I207.42

中国版本图书馆CIP数据核字(2018)第238512号

责任编辑:王立强
封面设计:牛　钧

出版发行:山东大学出版社
社　　址　山东省济南市山大南路20号
邮　　编　250100
电　　话　发行部 0531-88363008
经　　销:新华书店
印　　刷:济南华林彩印有限公司
规　　格:880毫米×1230毫米　1/32
4.875印张　100千字
版　　次:2018年10月第1版
印　　次:2018年10月第1次印刷
定　　价:28.00元

目 录

绪　论

一、研究的对象与目的

本书以产生于 20 世纪 80 年代的《平凡的世界》《古船》以及《红高粱家族》的接受史为主要研究对象，总结归纳它们的接受史上的关键词，研究这些关键词内涵演变的历史；探究它们的接受史上出现的重要观点的来龙去脉；研究它们的接受史与新时期以来的社会文化建设、社会文化心理变迁之间的关系。《平凡的世界》《古船》与《红高粱家族》可以代表 20 世纪 80 年代文学的最高成就，它们不仅在 20 世纪八九十年代，而且在 21 世纪以来也拥有大量的读者。可以说，它们在读者中的影响一直持续至今。

20 世纪 80 年代是一个文学、文化大变革的时期，也是新时期以来文学、文化变革的源头。本书的研究思路是：在 20 世纪 80 年代文学接受史与新时期以来的社会文化变迁之间建立一种对应关系；在社会文化变动的大背景下，考察 20 世纪80年代文学接受史；以20世纪80年代文学接受史为中心，考察新时期以来社会文化变迁的历史。本书的研究目的在于探究20世纪80年代文学接受史与新时期以来的社会文化建设、社会文化心理变迁之间的互鉴关系。

二、研究的价值与意义

第一，充实20世纪80年代文学史研究。新时期以来的文学史写作多围绕作家的生平与创作、作品的内容与形式展开，缺乏对文学接受史的重视。特别是关于文学接受与社会文化之间关系的研究，在一定程度上成为文学史研究的薄弱环节。本书的研究可对其进行必要的补充。

第二，为当代文化建设提供借鉴。文学接受既受社会文化建设、社会精神生活、社会文化心理的影响，又对社会文化与精神起建构作用。20世纪80年代既是新时期以来的社会文化转折时期，也是新的文化精神的形成时期。20世纪80年代的文学对这种新的文化精神的形成产生了重要的影响。对20世纪80年代文学接受史的研究，能够为当代文化建设提供有益的借鉴。

三、研究的背景与现状

本书研究的背景是近年来文学生活史研究与当代文学的“历史化”研究兴起。

2009年，温儒敏提出“文学生活”概念。《“文学生活”：新的研究生长点》(2012)和《“文学生活”概念与文学史写作》

(2013)两篇文章阐述了其理论内涵和研究价值。前文指出“文学生活”所关注的是“事实”“文学生产”“文学传播”“精神结构”“接受行为”①;后文指出“文学生活”作为一个学术性的概念,“主要是指社会生活中的文学阅读、文学接受、文学消费等活动,也牵涉到文学生产、传播、读者群、阅读风尚,等等”②。2012 年第 8 期《中国现代文学研究丛刊》集中刊发了《农民工当代文学阅读状况调查》等 7 篇调查报告,是其理论应用的体现。对“文学生活”的研究已经成为新的学科研究生长点。

2015 年 10 月 30 日至 11 月 1 日在山东大学召开的“文学生活与学术新视野”学术会议,是学术界对作为一种研究范式的“文学生活”研究的一次集中探讨。会上,温儒敏强调“文学生活研究”既是文学的,又是社会学的,是“文学社会学”。这种研究所关心的并不是个别人的阅读个性,而是众多读者的“自然反应”。既然是社会对文学的“自然反应”,当然也就要关注文学的生产、传播与消费,关注那些“匿名集体”(既包括普通读者,也包括某些文学的生产、传播者)从事文学活动的“社会化过程”,分析某些作品或文学现象在社会精神生活中起到的结构性作用。胡亚敏认为,文学生活研究开阔了文学研究总体化上的视野,是“在社会网络当中全方位观照文学”,并在内涵上扩展了文学的边界。她还认为,“文学生活”概念建立在切实的本土生活基础上,与当前中国

---

① 温儒敏:《“文学生活”:新的研究生长点》,《中国现代文学研究丛刊》2012 年第 8 期。

② 温儒敏:《“文学生活”概念与文学史写作》,《北京大学学报》(哲学社会科学版)2013 年第 3 期。

现实的文学环境变化高度一致，具有可持续的生长能力，是富有开拓性的思想和学术创新。何锡章认为，文学生活研究具有方法学的意义，改变和拓展了中国现当代文学研究的现有格局，在研究对象、文学观念和研究方法上，使其从封闭走向开放。张福贵从多个角度系统全面地概括了文学生活研究的意义。首先，他认为这一研究蕴含着平民化、日常性的研究立场，是文学对普通百姓和日常生活的回归，体现了现代的人文精神，对传统文学观念有实质性的改变；其次，他认为这一研究让文学研究回到原生态，回到文学现场，突出了文学生产过程中的真实性和接受过程中的体验性，使文学研究渗透了真切的生命精神，是文学研究方法上的革新；再次，他认为这一研究能够提升文学的文化品位，防止文学走向庸俗化、市场化，保持文学对社会的精神影响力，并引领和改造社会文化。李杨认为，在当下中国，文学与生活的关系发生了很大变化，文学不再像以往一样承担民族国家建构的责任，而是更多地被娱乐化和商业化。文学研究方法也需要作出相应的调整。文学生活研究正切合了时代的特质，是与现实文学生态完全一致的创新研究。他还认为，文学生活研究改变了传统文学研究与社会之间的被动关系，它是主动走向社会，对文学与社会的关系有所推进。王尧认为，“文学生活”概念蕴含着人文主义立场，让研究者有可能重新思考现有的文学秩序以及当前的文学和文化环境。而且，对于文学研究来说，强化与历史、现实生活之间的密切关联，是非常必要的工作，而文学生活研究很好地重建了这一关联，因此，它体现了文学研究的方法学革命。此外，他还认为文学生活研究将有助于克服当前文学史书写的某些缺陷，比如只看到文本、作家和简要的文学思潮，却看不到文本背后的生产过程。张颐武认为，随着传媒方式的迅速更替，中国的文学经验已经发生了不可逆的变化，所以文学研究不能固守不变，特别是在理论方面，需要提供具有想象力的阐释，改换对象，改换方法，改换想象，重新召唤文学批评的想象力，给今天的现实一个新的描述，一个新的理论上的解释。文学生活研究正是在这一背景下应运而生。宋剑华认为，对比传统文学研究的方法，文学生活研究在诸多方面突破了传统研究模式，特别是将文本内部因素与外部调查进行深层结合，将文学故事的传播与大众接受及社会影响力相关联，重视文学研究与社会之间的互动，将有效扩大文学的社会影响效果，为学术界提供了一个新的学术生长点。①

2017 年 6 月 2～4 日在山东大学召开的“20 世纪中国文学生活史与史料整理学术研讨会暨‘当前社会文学生活调查研究’成果发布会”，标志着“文学生活”研究的重心由当前文学生活研究转向文学生活史研究。会上，温儒敏阐述了将“文学生活”纳入文学史研究的意义与价值，指出文学生活史的研究将会细化和丰富文学史的对象世界，催生文学史研究的新范式。姜涛认为，文学生活史的研究与近年来不少学者关注的社会史视野具有内在呼应，也将有助于重建文学史研究的整体性。刘方政对“文学生活史”的概念所指、理论内涵和实践意义均作了深入阐发，提出“文学史坐标”与“阅读坐标”两个概念，指出“20 世纪中国文学生活史”研究是完整的

---

① 参见贺仲明：《“文学生活与学术新视野”会议综述》，《中国现代文学研究丛刊》2016 年第 2 期。

文学史研究不可或缺的组成部分，其关注民生在精神文化层面的体现，能够为当下的文学创作和文学传播提供历史借鉴。傅谨着重讨论了文学生活史研究理应具备的人类学视野和问题意识，并结合自己在《荀慧生日记》研究中的经验印证了文学生活史论题的学术潜能。张学军借用“次文学”的概念重新审视了《红高粱》的经典化问题，认为“次文学”作为一种基于原著改编的再创造的艺术品，对《红高粱》的经典建构发挥了重要作用。刘春勇指出，在当下这样一个智能时代，的确需要更新我们看待文学的思维方式。黄发有提供了一个颇具启发性的研究路径和样板，即在梳理与反思“十七年”文学稿酬政策的历史演变的基础上，考察了稿酬制度对“十七年”文学生产的多方面影响。丛新强从文学史建构的整体视野出发，深入阐释了文学生活史研究的范式转换，指出“文学生活史”命题至少包含以普通读者为中心的主体性选择、以日常生活为基础的价值性判断和以社会反应为参照的动态性描述三个层面。史建国从新的文学史观的建构与对象世界的多重可能性两个方面展开理论辨析，特别关注了新旧变革中民众文学生活内容的变化，翻译文学、通俗文学的影响，以及不同地域空间的差异等问题。孙基林、马兵、国家玮、叶诚生各自提供了文学生活史研究的具体个案，将这一新的文学史叙事分别坐实于当下的诗歌生态，留学时期的胡适，20 世纪 30 年代的济南、青岛双城文化生活以及全面抗战前夕的大型征文活动。[①]

从当前“文学生活”研究到“文学生活史”研究,“文学生活史”被进一步引入文学史研究领域。学者们虽然有着各自不同的研究对象,但是对“文学生活史”研究的意义和价值有着基本的共识。“文学生活史”研究强调文学研究应该主动关注读者(特别是大众读者)的文学接受情况;它将文学生产、传播、阅读与消费的过程与社会精神文化相联系,强调研究文学与社会精神生活之间的关系。“文学生活史”研究作为一种研究理论和研究方法,已经得到了充分的阐释,在此研究理念指导下的具体研究实践也在进一步的推进之中。但是,关于 20 世纪 80 年代文学接受状况与新时期以来文化建设之间关系的研究成果并不多。

当代文学的“历史化”研究是近年来当代文学研究领域兴起的一种新的学术思潮,它的潜在背景和理论支撑是 20 世纪 90 年代以来,随着社会文化思想的转型,文学研究领域出现的由思想阐释走向知识重构的重要转向。程光炜、李杨、吴秀明、陈晓明、张清华、贺桂梅、王本朝、孟繁华、罗岗、阎浩岗、杨庆祥、王岳川、陶东风、张荣翼、南帆等人近年来的研究都与此有着密切的关联。2009 年 10 月 24～25 日在北京九华山庄召开的“当代文学研究的‘历史化’研讨会”,是具有“历史化”学术趣味和取向的学者的一次集体亮相。陈晓明的理论/作品倾向和程光炜的实践/批评倾向,分别代表了

① 参见叶诚生:《“20 世纪中国文学生活史与史料整理学术研讨会暨当前社会文学生活调查研究成果发布会”会议综述》,《山东社会科学》2017 年第 9 期。

当代文学“历史化”研究的两种不同路径。福柯、布尔迪厄、阿尔都塞、詹姆逊、伊格尔顿等人的思想都是中国当代学者“历史化”研究的重要借鉴。

陈晓明借用詹姆逊的“历史化”理论结构，以文学作品文本为研究对象，将“历史化”“还原到文学文本可理解的具体的美学层面”①。在陈晓明这里，“历史化”具有双重意义：其一，将当代文学史看作一个不断强化的“历史化”过程，再现这样的“历史化”谱系，而后对其进行阐释、反思和解构；其二，研究具体的文学作品文本所携带的“历史化”意图和表现，研究文本与历史、文本与现实的互动关系。陈晓明认为：

> 文学的“历史化”表明文学与社会现实构成着一种特殊的想象关系，通过“历史化”，文学使社会现实具有了可被感知和理解的形式和意义，并且使自身成为社会现实的一个有机组成部分。文学的“历史化”不仅关注文学如何建立自身的历史，更关注文学如何使它所表现的社会现实具有合理的“历史性”，如何以某种特定的历史观念和方法来表现和解释人类生活。②

程光炜的“历史化”也具有双重含义：一是“回到历史语境”，强调“史料”对当代文学研究的重要性，强调“历史现场感”；二是将当代文学学科历史化。程光炜说：“‘历史化’观点的提出，针对的是始终把‘当代文学’当作‘当下文学’这种比较简单化的历史理解。”③在程光炜这里，“历史化”更多是作为

---

① 陈晓明：《中国当代文学主潮》，北京大学出版社2009年版，第22页。

② 陈晓明：《中国当代文学主潮》，第20页。

③ 程光炜、杨庆祥：《文学、历史和方法》，《当代作家评论》2010年第3期。

一种研究当代文学的方法，致力于将当代文学学科“历史化”。程光炜将自己的研究方式称为“‘文学社会学’的研究方式”。他说：“这就是把过去当代文学研究比较强调‘作家作品’的研究方式，稍微往‘文学及周边研究’方面靠靠，通过把过去的研究成果‘重新陌生化’，再重新回到‘作家作品研究’当中去。”[①]吴秀明的研究与程光炜接近，“主要是针对‘研究’（而不是‘创作’），某种意义上，是‘对研究的一种研究’”。吴秀明称当前的“历史化”研究区别于此前的“重写文学史”等思潮，“某种意义上，它是对此前‘历史化’的‘再历史化’”。[②]

“历史化”研究极大地拓展了当代文学研究的范围和对象，不再将政治、经济、文化等因素仅仅理解为文学生产、传播、消费的背景，而将它们视为文学作品与文学批评生成的基本框架和土壤。“历史化”的基本理论认为文学生成于历史之中，同时，由于文学的叙述性本质，其本身有着强烈的“历史化”诉求，在这个意义上，文学又创造历史。许多“历史化”研究学者都主张对既有的研究结论、观点以及研究范式重新陌生化，即借鉴詹姆逊“永远历史化”的观点，回到文本与文本创作者的历史语境，回到既成结论和观点产生的历史语境，既关注“文本的历史性”，也关注“历史的文本性”。

程光炜倡导的“重返80年代”研究所产生的许多重要学术成果，陈晓明的《中国当代文学主潮》《表意的焦虑》《现代

① 程光炜、杨庆祥：《文学、历史和方法》，《当代作家评论》2010年第3期。

② 吴秀明：《后现代主义语境中的知识重构与学术转向——当代文学“历史化”的谱系考察与视阈拓展》，《文艺理论研究》2016年第4期。

性与中国当代文学转型》，吴秀明编著的《中国当代文学史写真》以及孟繁华、程光炜编著的《中国当代文学发展史》等著作，都是当代文学“历史化”研究的具体实践。对 20 世纪 80 年代文学进行“历史化”研究，既是当代文学“历史化”研究的重点，也是难点。

本书以 20 世纪 80 年代文学的接受史为中心，考察对 20 世纪 80 年代文学的既成观点的形成与演变过程，以及这些观点的形成、演变与新时期以来社会文化变迁之间的关系，属于 20 世纪 80 年代文学“历史化”研究的一部分。当代文学的“历史化”研究不仅构成了本书研究的大背景，而且在研究方法、理论基础等方面为本书提供了重要的借鉴，特别是许多关于 20 世纪 80 年代文学“历史化”的研究成果与结论直接被本书引用和采纳。

第一章
“历史化”视角下的《平凡的世界》接受史

《平凡的世界》(第一部)发表之后即进入了“历史化”通道。从宽泛的意义上讲,研究者们对《平凡的世界》的解读,都是它“历史化”进程的一部分。虽然时常有研究者为《平凡的世界》未能得到文学史著作的“公允”评价而感到“不平”,但是,《平凡的世界》在文学研究领域从来都没有遭到“冷遇”是一个不争的事实。1991 年《平凡的世界》获得第三届茅盾文学奖,2006 年雷达主编的《路遥研究资料》出版,2007 年李建军主编的《路遥评论集》《路遥十五年祭》出版,2015 年厚夫的《路遥传》出版,2016 年延安大学中国当代现实主义文学与路遥研究中心编的《路遥,路遥:〈路遥传〉评论·访谈集》出版,都显示了当代文学研究对路遥及其《平凡的世界》的重视。

《平凡的世界》的“历史化”过程是不断对其进行“定位”的过程,其中显现出来的是一个个文本形象,形象背后是建构与解构的逻辑与知识。归纳起来,文学接受史上《平凡的世界》的“形象”有：现实主义文学力作、现实主义“常销书”、“文学事实”意义上的经典、人生之书、励志之作、文学史著作上的缺席者、“改革文学”的代表等。

本章的研究从两个方面展开：第一，将《平凡的世界》文本形象“历史化”，考察形象建构与解构的逻辑与知识；第二，揭示路遥的“历史化”诉求与《平凡的世界》的“历史化”图景，并总结评论界对《平凡的世界》所展现的“历史化”图景的认识。本章的研究意义在于利用“历史化”概念内部的张力，为《平凡的世界》的“历史化”研究提供一个综合视角，为《平凡的世界》全面“历史化”奠定基础。

第一节 “历史化”学术思潮与《平凡的世界》接受概况

一、“历史化”：当代文学研究领域的一种新的“学术思潮”

“历史化”是本章研究《平凡的世界》的角度，也是研究《平凡的世界》的目的。吴秀明认为，“历史化”是“近年来当代文学研究领域兴起的一个新的话题，一个惹人关注的新的学术生长点，甚至可以说是一种新的学术思潮——‘历史化

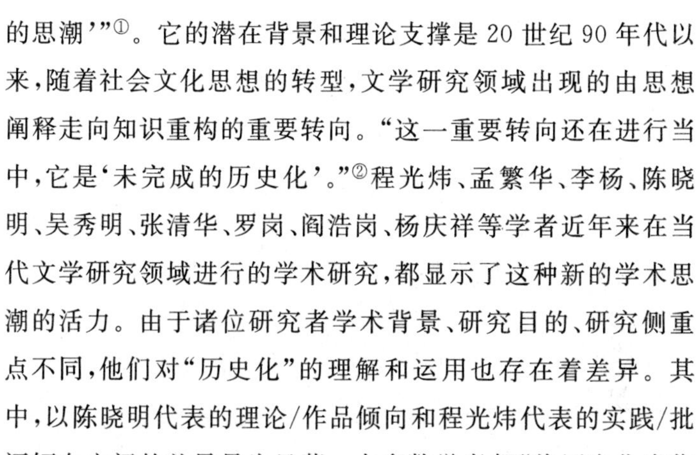

的思潮’”[①]。它的潜在背景和理论支撑是20世纪90年代以来，随着社会文化思想的转型，文学研究领域出现的由思想阐释走向知识重构的重要转向。“这一重要转向还在进行当中，它是‘未完成的历史化’。”[②]程光炜、孟繁华、李杨、陈晓明、吴秀明、张清华、罗岗、阎浩岗、杨庆祥等学者近年来在当代文学研究领域进行的学术研究，都显示了这种新的学术思潮的活力。由于诸位研究者学术背景、研究目的、研究侧重点不同，他们对“历史化”的理解和运用也存在着差异。其中，以陈晓明代表的理论/作品倾向和程光炜代表的实践/批评倾向之间的差异最为显著。大多数学者都“将历史化当作当代文学进行知识重构的一种积极正面的学术活动”[③]。福柯、布尔迪厄、阿尔都塞、詹姆逊、伊格尔顿等人的思想都是中国当代学者进行“历史化”研究的重要借鉴。

从学术史的角度看，在20世纪90年代的中国影响广泛的文化研究和新历史主义批评是当前“历史化”学术思潮的前身。陶东风认为，杰姆逊的《后现代主义与文化理论》是“西方文化研究成果在中国的第一次亮相”[④]。进入20世纪90年代以后，随着“大众文化”的盛行，学界也发生了激烈的争论。其中持批判态度的学者往往借用法兰克福学派的主

---

① 吴秀明:《后现代主义语境中的知识重构与学术转向——当代文学“历史化”的谱系考察与视阈拓展》,《文艺理论研究》2016年第4期。

② 吴秀明:《后现代主义语境中的知识重构与学术转向——当代文学“历史化”的谱系考察与视阈拓展》,《文艺理论研究》2016年第4期。

③ 吴秀明:《后现代主义语境中的知识重构与学术转向——当代文学“历史化”的谱系考察与视阈拓展》,《文艺理论研究》2016年第4期。

④ 陶东风:《文化研究:西方与中国》,北京师范大学出版社2002年版,“前言”第2页。

流观点，对其进行文化批判。虽然有的学者认为这样的研究并不能算作严格意义上的文化研究，但是至少它与20世纪90年代中后期的文化研究的研究对象和问题都有着联系与重合。随后，汪晖、周小仪、徐贲、李陀、陶东风、金元浦等学者从不同的角度、以不同的方式参与到文化研究中来。文化研究的重点从对象的审美特征和艺术特性方面，转移到文化生产、文化消费与政治经济之间的复杂互动关系方面。文化研究与传统的文学研究在研究观念、思路、方法与范式方面都存在着巨大的分歧。比如，在“文学经典”问题上，文化研究虽然“承认经典是存在的，但同时指出经典确立的复杂性和文化差异性，并解释隐含在经典认可过程中的复杂权力关系”[1]，而传统的文学研究往往忽视这些方面。在对文学文本进行研究时，新历史主义批评与文化研究有着共同的追求，即对文学文本实施政治、经济、社会的综合研究，而且它有着更加明确的反对“历史主义”和“形式主义”的理论追求。王岳川在1997年指出，新历史主义文化诗学的兴起表明文学批评中的历史意识和社会批评方法受到重视。[2] 颜水生指出：

> 新历史主义所倡导的“历史的文本性”“文本的历史性”对“历史化”理论具有直接的影响。世纪之交的“历史化”转向直接接受了文化研究的启示和新历史主义批评的遗产；“跨学科研究”为“历史化”转向提供了理论支

---

① 周宪：《文化研究：学科抑或策略？》，《文艺研究》2002年第4期。

② 参见王岳川：《新历史主义的文化诗学》，《北京大学学报》（哲学社会科学版）1997年第3期。

持和实践示范，成为“历史化”转向的前奏。①

当前的“历史化”学术思潮虽然与文化研究、新历史主义批评有着血脉上的关联，但是也存在着明显的差异。吴秀明倾向于“将历史化看成是在全球化和后现代主义历史语境中，有别于文学批评的一种学术化、学科化、规范化的自我救赎活动，从这样一个相对狭义的角度探讨当代文学”②。而且，如前文所讲，“历史化”学术思潮内部也存在着不同程度的差异。比如对詹姆逊的“永远历史化”的不同理解：一部分学者侧重于文本的“历史化”研究，通过还原历史情境理解文本，较少作价值判断；另一部分学者侧重于历史的“文本化”研究，通过文本所携带的历史因素理解历史，并作出价值判断。当然，二者都没有忽视对文本的美学意义的研究以及文本的“历史化”与历史的“文本化”的统一。比如吴秀明认为，詹姆逊的“永远历史化”“既关注文本的历史性，又重视文本的审美性，对于纠正纯粹的‘知识考古学’‘知识社会学’的偏差，无疑是有意义的，这也是詹姆逊不同于福柯、布尔迪厄的独特之处，是他历史化的终极目标”③。大部分学者都认为“历史化”学术思潮是一个多元的开放的体系。

① 颜水生：《论当代“历史化”思潮及其反思》，《南方文坛》2011 年第 2 期。

② 吴秀明：《后现代主义语境中的知识重构与学术转向——当代文学“历史化”的谱系考察与视阈拓展》，《文艺理论研究》2016 年第 4 期。

③ 吴秀明：《后现代主义语境中的知识重构与学术转向——当代文学“历史化”的谱系考察与视阈拓展》，《文艺理论研究》2016 年第 4 期。

二、《平凡的世界》的创作缘起与接受概况

路遥是一个具有高度历史使命感的作家,《平凡的世界》的写作计划既是他深思熟虑的结果,是他生命的重要组成部分,也是一个偶然机会的触发。他说:

> 小说《人生》发表之后,我的生活完全乱了套。……一年后,电影上映,全国舆论愈加沸腾,我感到自己完全被淹没了。……我不能这样生活了。我必须从自己编织的罗网中解脱出来。……我渴望重新投入一种沉重。只有在无比沉重的劳动中,人才会活得更为充实。……那么,我应该怎么办?有一点是肯定的:眼前这种红火热闹的广场式生活必须很快结束。……作家的劳动绝不仅是为了取悦于当代。而更重要的是给历史一个深厚的交代。如果为了微小的收获而沾沾自喜,本身就是一种无价值的表现。最渺小的作家常关注着成绩和荣耀,最伟大的作家常沉浸于创造和劳动。……当时,已经有一种论断,认为《人生》是我不能再逾越的一个高度。……就我来说,我又很难承认《人生》就是我的一个再也跃不过的横杆。在无数个焦虑而失眠的夜晚,我为此而痛苦不已。在一种几乎是纯粹的渺茫之中,我倏然间想起已被时间的尘土埋盖得很深很远的一个往昔岁月的梦。也许是20岁左右,记不清在什么情况下,很可能在故乡寂静的山间小路上行走的时候,我曾经有过一个念头:这一生如果要写一本自己感到规模最大的书,或者干一生中最重要的一件事,那一定是

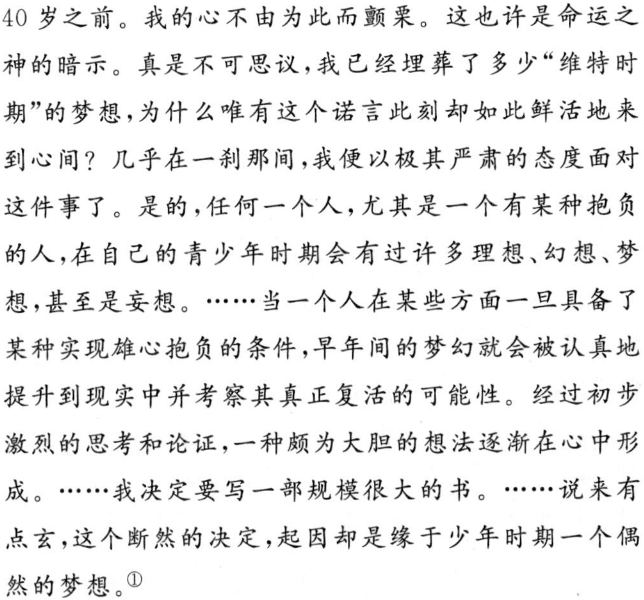

> 40岁之前。我的心不由为此而颤栗。这也许是命运之神的暗示。真是不可思议,我已经埋葬了多少“维特时期”的梦想,为什么唯有这个诺言此刻却如此鲜活地来到心间?几乎在一刹那间,我便以极其严肃的态度面对这件事了。是的,任何一个人,尤其是一个有某种抱负的人,在自己的青少年时期会有过许多理想、幻想、梦想,甚至是妄想。……当一个人在某些方面一旦具备了某种实现雄心抱负的条件,早年间的梦幻就会被认真地提升到现实中并考察其真正复活的可能性。经过初步激烈的思考和论证,一种颇为大胆的想法逐渐在心中形成。……我决定要写一部规模很大的书。……说来有点玄,这个断然的决定,起因却是缘于少年时期一个偶然的梦想。[①]

此后,路遥便进入了《平凡的世界》的写作准备阶段。

《平凡的世界》颇为“独特”的接受状况,很早就引起了研究者的注意。它一问世即受到了大众读者和评论家的肯定,但是却迟迟得不到文学史研究者的认可。对于《平凡的世界》在大众读者中的传播与接受状况,可以从三个方面进行考察。

其一,电台广播传播。《平凡的世界》第一部由陕西人民广播电台播出,第二部和第三部由中央人民广播电台播出。考虑到电台广播在当时的大众文化生活中的重要地位,《平凡的世界》的“电台读者”人数相当可观。

其二,各种读者阅读状况调查报告。中国科学院生态环

---

① 路遥:《早晨从中午开始》,西北大学出版社1992年版,第30～35页。

境研究中心国情研究室受中央电视台《读书时间》栏目委托所作的“1978～1998 大众读书生活变迁调查”报告显示，1985～1989 年、1990～1992 年、1993～1998 年期间，对个人影响最大的书籍中，《平凡的世界》排名分别是第 17 位、第 13 位、第 7 位，且在 1978～1998 年间的总排名中，《平凡的世界》列 6 位，均列“新时期”文学作品之首。唐韧、黎超然、吕欣于 1998 年所作“茅盾文学奖获奖作品调查”报告显示，前 4 届茅盾文学奖的 20 部获奖作品中，读者购买最多、最喜欢的是《平凡的世界》。324 位受访读者中，有 145 人将之列为最喜欢的作品。山东大学文学与新闻传播学院中国现当代文学研究所在 2012 年开展了一次“文学生活”大型调查活动。课题组列举了 8 届茅盾文学奖的 20 部获奖作品。调查显示，在所有受访读者中，曾经阅读过《平凡的世界》的读者人数最多，共 796 人，占受访总人数的 38.6%。从读者的职业分布情况来看，《平凡的世界》的读者中占据前三名的分别是在校学生（包括大学、中学、中专、职高学生）、专业技术人员（包括科技工作者、教师、医疗卫生专业技术人员、文艺工作者、新闻出版文化工作人员、宗教职业者等）和公务员（包括事业单位人员）。其中在校学生有 466 人，占 58.5%；专业技术人员有 142 人，占 17.8%；公务员有 86 人，占10.8%。从读者的文化程度的分布来看，在《平凡的世界》的读者中，有研究生学历的有 40 人，有大专或本科学历的有 632 人，有高中（中专/职高）学历的有 85 人，有初中学历的有 39 人。从读者的年龄分布来看，在《平凡的世界》的读者中，18～25 岁的有 470 人，36～45 岁的有 99 人，46～55 岁的有 87 人，26～35 岁的有 84 人，18 岁以下的有 40 人，56～65 岁、65 岁

以上的各有 8 人。调查结果表明，在《平凡的世界》的读者群体中，从职业分布来看，在校学生最多；从年龄分布来看，18～35 岁的青年读者最多。[①] 笔者对《平凡的世界》在大连民族大学和辽宁师范大学两所高校图书馆近 20 年来的借阅情况进行的调查[②]，也表明 21 世纪以来青年学生读者群体对《平凡的世界》依然保持着浓厚的阅读兴趣。在大连民族大学图书馆的调查情况如下：《平凡的世界》（第一部）（中国文联出版公司 1986 年版），2000～2018 年共有 150 条借阅记录；《平凡的世界》（第二部）（中国文联出版公司 1988 年版），2000～2018 年共有 55 条借阅记录；《平凡的世界》（第三部）（中国文联出版公司 1989 年版），2000～2018 年共有 78 条借阅记录；《平凡的世界》（全本）（中国文联出版公司 1989 年版），2000～2018 年共有 103 条借阅记录；《平凡的世界》（广州出版社与太白文艺出版社 2000 年版），2001～2018 年共有 102 条借阅记录；《平凡的世界》（人民文学出版社 2004 年版），2004～2018 年共有 35 条借阅记录；《平凡的世界》（北京十月文艺出版社 2012 年版），2016～2018 年共有 95 条借阅记录。《平凡的世界》（包括第一、二、三部分册），2000～2018 年共有借阅记录 618 条。在辽宁师范大学图书馆的调查情况如下：《平凡的世界》（第一部）（中国文联出版公司 1986 年版），2008～2018 年共有 157 条借阅记录；《平凡的世界》（第二部）（中国文联出版公司 1988 年版），2008～2018 年共有 119 条

① 本次调查的具体情况见张学军：《茅盾文学奖获奖作品接受状况调查》，《中国现代文学研究丛刊》2012 年第 8 期。

② 调查数据统计时间截止到 2018 年 7 月 9 日。

借阅记录;《平凡的世界》(第三部)(中国文联出版公司1989年版),2008～2018年共有130条借阅记录。在大众读者群体对严肃文学的阅读兴趣日益减弱的今天,《平凡的世界》依然能够吸引大众读者特别是青年读者的阅读兴趣,是一个非常值得关注的现象。本书认为其中的原因在于:第一,《平凡的世界》给处于逆境中的普通人特别是青年人提供了温暖和希望,提供了灵魂的抚慰和生活的信心;第二,《平凡的世界》有意无意地借鉴了通俗文学的故事模式和情节套路。这样讲,并不意味着本书认为《平凡的世界》是一个沟通严肃文学与通俗文学的成功范例。但是,《平凡的世界》作为一部严肃文学作品却拥有庞大的大众读者群体,这一现象启示我们:第一,能否激发"情感共鸣"作为一项选择阅读对象的标准,在大众读者群体中的作用尤其明显,能够吸引大众读者的作品往往是那些读者能够在其中找到自己的影子,容易"对号入座"的作品;第二,文学作品能够吸引大众读者的另一个重要因素是,作品本身的阅读难度与大众读者的阅读能力相匹配。

其三,《平凡的世界》的出版情况。《平凡的世界》的版本大致有:中国文联出版公司1986年版(第一部)、1988年版(第二部)、1989年版(第三部)、1989年版(全本),陕西人民出版社1993年版、1997年版,华夏出版社1994年版、1997年版、1998年版,陕西师范大学出版社1995年版(李志武绘画连环画版),海南国际新闻出版中心1997年版,陕西旅游出版社与经济日报出版社1999年版,中国青年出版社2000年版,宁夏人民出版社2000年版,广州出版社与太白文艺出版社2000年版,陕西旅游出版社2001年版、2004年版、2010

年版，人民美术出版社 2002 年版（李志武绘画连环画版）、2008 年版（李志武绘画连环画版），广州出版社 2002 年版，贵州人民出版社 2002 年版，云南人民出版社 2002 年版，人民文学出版社 2004 年版、2006 年版、2007 年版、2008 年版，作家出版社 2005 年版，北京十月文艺出版社 2009 年版、2010 年版、2011 年版、2012 年版、2013 年版、2016 年版（李志武绘画连环画版）、2017 年版，新经典发行有限公司 2016 年版（普及本），南方出版社 2017 年版。如果再考虑到盗版市场，《平凡的世界》的销量确实惊人。

从以上三个方面来看，《平凡的世界》的确拥有大量的大众读者。在文学评论界，虽然对《平凡的世界》进行批评的声音时常出现，但是它并没有被"冷落"也是一个事实。20 世纪八九十年代，雷达、蔡葵、曾镇南、白烨、李星等批评家都给予《平凡的世界》高度的关注和肯定性评价。1991 年，《平凡的世界》更是获得了中国长篇小说的最高奖项——茅盾文学奖。进入新世纪以后，邵燕君、李建军等人从文学生产、写作道德等方面对《平凡的世界》的研究，为《平凡的世界》研究掀起了一个不大不小的"高潮"。相比较而言，文学史著作对《平凡的世界》的反应较为"冷淡"。如洪子诚著《中国当代文学史》（北京大学出版社 1999 年版），杨匡汉、孟繁华主编《共和国文学五十年》（中国社会科学出版社 1999 年版），王庆生主编《中国当代文学史》（高等教育出版社 2003 年版），陈其光主编《中国当代文学史》（暨南大学出版社 2005 年版），陈晓明著《中国当代文学主潮》（北京大学出版社 2009 年版），陈思和主编《中国当代文学 60 年（1949～2009）》（上海大学出版社 2010 年版），严家炎主编《二十世纪中国文学史》（高等教育出版社 2010 年版)等,均未提及《平凡的世界》。朱栋霖、丁帆、朱晓进主编《中国现代文学史(1917～1997)》(下册)(高等教育出版社 1999 年版),陈思和主编《中国当代文学史教程》(复旦大学出版社 1999 年版),杨匡汉主编《共和国文学 60 年》(人民出版社 2009 年版),吴秀明主编《中国当代文学史写真》(浙江大学出版社 2000 年版)等,对《平凡的世界》稍有提及。

研究《平凡的世界》的接受状况,有一个受众群体不能不关注,那就是文学刊物和出版社的编辑群体。特别是在 20 世纪 80 年代至 90 年代前期这个历史阶段,文学期刊的编辑在作品的传播过程中起着至关重要的作用,甚至可以说他们决定着作品能否“面世”,这其中的主要原因在于当时的文学作品发表渠道单一。《平凡的世界》发表之后并没有受到文学评论界的“冷遇”是一个事实,而它的发表过程充满了艰难和曲折也是一个事实。最先拿到《平凡的世界》(第一部)文稿的是《当代》杂志的编辑周昌义。后来,他在文章中回忆了当时的阅读感受:

> ……和路遥见了一面,寒暄了几句,拿着路遥的手稿回到招待所,趴在床上,兴致勃勃地拜读。读着读着,兴致没了。没错,就是《平凡的世界》,第一部,30 多万字。还没来得及感动,就读不下去了。不奇怪,我感觉就是慢,就是罗嗦,那故事一点悬念也没有,一点意外也没有,全都在自己的意料之中,实在很难往下看。[①]

故事节奏慢、平淡、没有悬念是周昌义当时的阅读感受。与

① 周昌义:《记得当年毁路遥》,《文艺理论与批评》2007 年第 6 期。

之相对，周昌义在文章中也讲到了自己当时对"现代派"文学情有独钟。他说：

> 当时的中国人，饥饿了多少年，眼睛都是绿的。读小说，都是如饥似渴，不仅要读情感，还要读新思想、新观念、新形式、新手法。那些所谓意识流的中篇，连标点符号都懒得打，存心不给人喘气的时间。可我们那时候读着就很来劲，那就是那个时代的阅读节奏，排山倒海，铺天盖地。喘口气都觉得浪费时间。[①]

基于这样的文学价值评价标准和审美趣味，《当代》编辑周昌义将《平凡的世界》（第一部）退稿了。接下来，《平凡的世界》（第一部）又辗转了几家刊物都未能发表，最后在《花城》杂志1986年第6期刊发。虽然当时《花城》与《当代》《十月》《收获》齐名，并称为"四大名旦"，但是受地理位置等因素所限，其在文学界的影响比不上《当代》。1987年1月，《花城》和《小说评论》编辑部在北京联合举办了《平凡的世界》（第一部）座谈会。虽然从公开发表的《一部具有内在魅力的现实主义力作——路遥长篇小说〈平凡的世界〉（第一部）讨论会纪要》（《小说评论》1987年第2期）所记看，与会者基本给予小说以肯定性评价，但是，据周昌义讲，"大家私下的评价不怎么高"[②]。刊发《平凡的世界》（第一部）的责编刘剑星更是说："与会的评论家们都对这部作品表示失望，有些意见相当尖刻。"[③]1987年8月，路遥托人将《平凡的世界》（第二部）文

---

① 周昌义：《记得当年毁路遥》，《文艺理论与批评》2007年第6期。

② 周昌义：《记得当年毁路遥》，《文艺理论与批评》2007年第6期。

③ 刘剑星：《〈平凡的世界〉是怎么发表的？》，http://www.360doc.com/content/15/0407/10/6206853_461216429.shtml。

稿送到《花城》编辑部。此时,《花城》编辑部人事发生较大变动,当年力主刊发《平凡的世界》(第一部)的副主编谢望新和责编刘剑星相继离开编辑部,新组成的编辑部尚处在磨合期。在是否刊发《平凡的世界》(第二部)这一问题上,编辑部内部意见分歧很大,最终《平凡的世界》(第二部)未能在《花城》刊发。此后,《平凡的世界》(第二部)也未能在其他刊物发表。[①] 它最早面世于 1988 年——中国文联出版公司出版了单行本。《平凡的世界》(第三部)在影响力更加微弱的《黄河》杂志 1988 年第 3 期刊发。从以上情况可以看出,20 世纪 80 年代文学期刊的编辑群体并不看好《平凡的世界》。

《平凡的世界》的接受状况在当代文学的接受史上已经成为一种独特的"现象",并且引起了诸多论者的关注。有的论者认为:"《平凡的世界》不完美但也远非一无是处,在人们对它颇为极端的褒扬和贬斥中,折射着时代文化和文学批评观念的多元格局,也蕴涵着价值趋向和批评姿态上的一定问题。"[②]一方面,《平凡的世界》对现实生活的热切关注与作者真挚的情感,为其赢得了众多读者的喜爱;另一方面,它缺乏对现实冷峻的审视,不具备真正深刻的现实主义力量,大众对它的喜爱反映出社会审美心理的简单和粗糙。同时,"评论界对《平凡的世界》无条件的溢美,也反映出在当前的文学环境中,文学评论还没有完全真正地建立起自己的自主性,尤其是像诸如茅盾文学奖等各种主流文学评奖活动中,

---

① 参见范汉生口述,申霞艳整理编写:《风雨十年花城事·不懈的攀登》,《花城》2009 年第 3 期。刘剑星:《〈平凡的世界〉是怎么发表的?》,http://www.360doc.com/content/15/0407/10/6206853_461216429.shtml。

② 贺仲明:《"〈平凡的世界〉现象"透析》,《文艺争鸣》2005 年第 4 期。

意识形态影响还很强烈，许多文学评论者还没有完全站在文学本身的角度，承担的主要是政治代言人的角色。同时，它也反映出当前文学中，评论界和学术界相互之间缺乏沟通，各自为政，没有达到很好的和谐”①。有的论者将产生“《平凡的世界》现象”的原因，一方面归结为作品本身提供了多种解读的可能性，一方面归结为不同读者群体的不同文学接受价值取向。如侯业智、惠雁冰指出：

> 它即(既)是史诗性作品，又是一部成长小说，又是一部改革小说，更是一部底层小说；它既包含着文学价值，也包含着社会价值与精神价值……所以，“《平凡的世界》现象”不过是不同读者群吸收这一作品的不同价值内核而做出的不同反应罢了。②

有的论者主张：

> 要充分肯定“《平凡的世界》现象”存在的合理性，并给以积极的评价。我们应该尊重所有读者对文学的各种感受，应该充分承认各种阅读的合理性。《平凡的世界》的丰富意义正是在秉持不同价值尺度的读者那里获得了各个角度的敞开，而且多方的意见彼此互相排斥又吸纳，各自独立又互相依存，共同丰富着《平凡的世界》的研究史。③

2015年播出的根据小说《平凡的世界》改编的同名电视

---

① 贺仲明：《“〈平凡的世界〉现象”透析》，《文艺争鸣》2005年第4期。

② 侯业智、惠雁冰：《“〈平凡的世界〉现象”的传播学解读》，《小说评论》2016年第4期。

③ 万秀凤：《“〈平凡的世界〉现象”的历史考察及研究》，《当代文坛》2010年第2期。

剧，再次引起了讨论《平凡的世界》的热潮。这不是小说《平凡的世界》的第一次电视剧改编，1989 年由中国电视剧制作中心出品，潘欣欣担任导演，鲁文浩和晏唐担任编剧的 14 集电视剧《平凡的世界》曾获长篇连续剧飞天荣誉奖。2015 年版电视剧《平凡的世界》由 SMG 尚世影业、上海源存影业、陕文投集团、乐视网等联合出品，毛卫宁担任导演，温豪杰、葛水平、夏蔚担任编剧，共 56 集。首轮在北京卫视、上海东方卫视黄金时段，新疆卫视、山东卫视 22 时 30 分播出，并在乐视网、腾讯视频、PPTV、搜狐、爱奇艺等网络平台播出。2015 年版电视剧《平凡的世界》开播当天即荣登微博话题榜首，视频播放量突破千万。截至 2015 年 3 月 26 日，各家视频网站总播放量超过 7 亿，居电视剧风云榜榜首，微博话题 5.9 亿阅读，35 万讨论量。根据 CSM50 城卫视黄金档收视率测得的数据，2015 年版电视剧《平凡的世界》在北京卫视、上海东方卫视的收视率都稳居前五名。电视剧播出后获得了一系列奖项，包括：第 21 届白玉兰奖最佳导演奖、最佳男主角（提名）、最佳女主角（提名），第 13 届四川电视节金熊猫奖长篇电视剧类大奖，第 7 届金牛奖最佳作品奖、最佳编剧奖、最佳男主角、最佳男配角、最佳女配角，2015 年国剧盛典十大影响力电视剧奖，第 30 届飞天奖优秀电视剧奖，2016 年电视剧品质盛典品质特别奖，第 28 届金鹰奖优秀电视剧、观众喜爱的男演员、观众喜爱的女演员，第 11 届全国电视制片业十佳表彰大会电视剧优秀作品奖，第 14 届精神文明建设“五个一工程”优秀作品奖等。

电视剧的热播还带动了原著小说的线上、线下销售。2015 年 3 月，小说《平凡的世界》在当当网的图书畅销榜上排

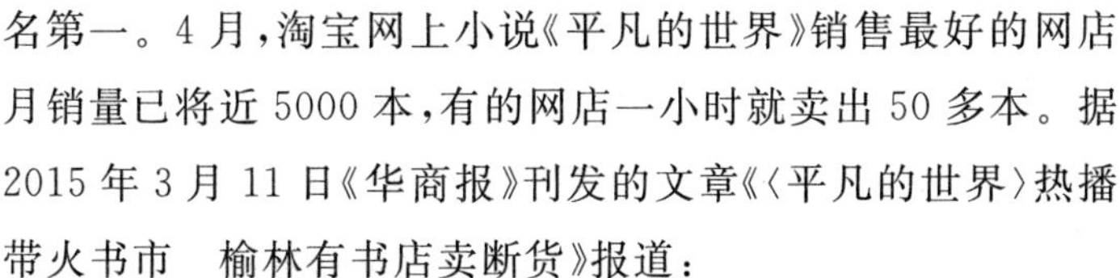

名第一。4 月，淘宝网上小说《平凡的世界》销售最好的网店月销量已将近 5000 本，有的网店一小时就卖出 50 多本。据 2015 年 3 月 11 日《华商报》刊发的文章《〈平凡的世界〉热播带火书市　榆林有书店卖断货》报道：

> 电视剧《平凡的世界》播出后，便受到社会各界的广泛关注和热议，更是引起了不少陕北人的共鸣，更带火了书市。昨日，华商报记者走访了榆林市区 4 家实体书店，其中新华书店已断货，其他 3 家书店销量也是火爆，有时也会出现断货的情况。

据 2015 年 4 月 3 日《大江晚报》登载的文章《〈狼图腾〉和〈平凡的世界〉销量不凡》报道，在电视剧《平凡的世界》播出后，芜湖新华书店 3 月份销售小说《平凡的世界》100 多套。在电视剧《平凡的世界》热映期间，小说《平凡的世界》在线上、线下的销售量猛增，说明电视剧带动了大众读者对小说的阅读兴趣。与此同时，文学、影视评论界也对电视剧的热映表现出了极大关注。比如，2015 年 3 月 26 日，中国艺术研究院马克思主义文艺理论研究所举办以“《平凡的世界》：历史与现实”为主题的青年文艺论坛；2015 年 3 月 27 日，上海市委宣传部、北京市委宣传部和中国文艺评论家协会在北京举行电视剧《平凡的世界》研讨会；2015 年 4 月 12 日，山东大学文学院当代中国文学生活研究中心在山东大学举办《平凡的世界》专题研讨会，都是评论界对其关注的表现。学者们关心和讨论的问题主要包括两点：第一，电视剧《平凡的世界》何以能够引发当下观众的观看兴趣；第二，与小说原著相比，电视剧改编的成败之处。

有的论者将电视剧《平凡的世界》能够引起强烈反响的

原因归结为：

> 一是人生过程不在长短，精彩的一瞬间胜过漫长的平庸；二是它给每个人特别是草根阶层，追求有精神价值的行为和生存，加了一把火。正如一位年轻的朋友所说，我们可以在剧中清楚地找到自己的影子，借以寻找我们的路；三是它为当下社会冲破过分追求物欲和娱乐的潮流做出了新的反思；四是在深度改革到来的今天，点燃了一部分人对上世纪80年代改革初期激情的回忆和眷恋。对平凡的肯定，对苦难的挑战，有那个年代的真实诉求，今天又有了意义；五是路遥的话语文本与当下网络时代的语言在反差中呼应。《平凡的世界》剧中的上述种种精神和追求已经温暖了、还将会温暖一代代读者和观众。①

无论在专业的文学、影视评论者那里，还是在大众观众和读者群体中，对《平凡的世界》的接受都存在着这样一个倾向，那就是将它视为一部"励志之作"，甚至是一部标准的"成功学"著作。特别是著名企业家潘石屹在演讲、微博、采访中多次谈论自己对《平凡的世界》的理解和看法，对大众读者和观众影响巨大。2015年3月12日，潘石屹做客乐视网《星月私房话》"走进北大"特别节目。在节目现场，潘石屹说："每一次在我人生低潮的时候、碰到困难的时候，觉得这个坎过不去的时候，我就读上一遍《平凡的世界》。所以《平凡的世界》里面的每一个细节我都非常清楚。"他还说："孙少安创业的第一份工作是什么呢？是建砖厂，我就按照孙少安的指

---

① 《电视剧〈平凡的世界〉研讨会发言摘编》，2015年3月31日《人民日报》。

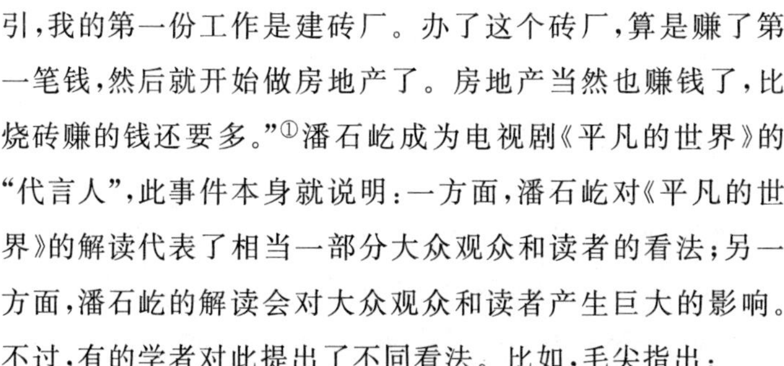

引，我的第一份工作是建砖厂。办了这个砖厂，算是赚了第一笔钱，然后就开始做房地产了。房地产当然也赚钱了，比烧砖赚的钱还要多。”[①]潘石屹成为电视剧《平凡的世界》的“代言人”，此事件本身就说明：一方面，潘石屹对《平凡的世界》的解读代表了相当一部分大众观众和读者的看法；另一方面，潘石屹的解读会对大众观众和读者产生巨大的影响。不过，有的学者对此提出了不同看法。比如，毛尖指出：

> 《平凡的世界》在路遥的笔下，是凡人的史诗，不懈奋斗的人们，跟《人生》中的高加林一样，常常回到象征意义上的人生起点，就像小说开头是眼泪，结尾也是眼泪，这既是路遥对八十年代的向往，也是愤怒。也因此，在任何意义上，《平凡的世界》不会是英雄史诗，换言之，《平凡的世界》不是献给今天的潘石屹的，至少，不是献给潘石屹的成功学。
>
> 隆重上演的新版《平凡的世界》，改变了小说中少平和少安的位置，多少是对今天英雄史学的一次致意。当然，我们需要提醒自己的是，当年，我们都和少安少平一样，甚至比少安少平更厉害，有过一个更激进的地主梦，而且，在我们的地主梦里，还没有少平那滚滚的羞愧的热泪。但是，时隔三十年，如果少安少平的这个梦轮到要请潘石屹来代言，那我真心觉得，这三十年的热泪都白流了。[②]

---

① http://ent.qq.com/a/20150313/000865.htm#p=1。

② 毛尖：《〈平凡的世界〉不是献给潘石屹的成功学》，http://news.163.com/15/0321/13/AL81IIG300014SEH.html。

在电视剧《平凡的世界》对小说原著的改编问题上，一部分论者认为电视剧是在忠于原著的基础上的一次成功的艺术再创作。比如，有的论者称：

> 电视连续剧《平凡的世界》选择了同小说相符合、相统一的现实主义创作方法，继承了它贴近黄土大地的理想精神，在典型的历史、时代环境中呈现和塑造出代表历史前进方向，为时代和现实要求的鲜明形象、典型人物，正是它对原著的忠实，它与原著艺术精神、审美观念、创作思想相契合，亦如原著一样沉雄博大……

有的论者称：

> 电视剧《平凡的世界》努力忠实于小说原著，是经典小说改编为电视剧的成功案例，电视剧既呈现了原著的精髓，又赋予原著生动的形象。

有的论者称：

> 电视剧《平凡的世界》的改编最大限度地忠实于原著，这部电视剧所描绘的城市与乡村，个人与家庭，现实与农村，既是国家民族的大历史，也是个人的心灵史、精神成长史，将为我们的社会生活永远提供充沛的正能量。[①]

针对电视剧将小说中的男主角由孙少平转换为孙少安的做法，有的论者认为编导的做法可以理解，因为孙少安的故事更能牵动今人的神经。“我们今天再也无法解读孙少平这个1980年代个人奋斗英雄的故事了”，孙少平在我们今天的概念里就是一个失败者。但是，正是电视剧与小说的这种错位显示了我们这个时代的贫穷，也“向我们展示了一个可以深

① 《电视剧〈平凡的世界〉研讨会发言摘登》，2015年4月3日《光明日报》。

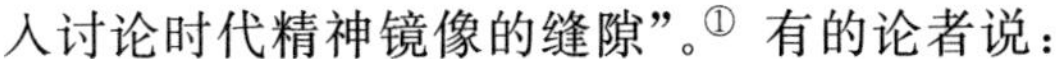

入讨论时代精神镜像的缝隙”。[①] 有的论者说：

> 《平凡的世界》我不把它理解成励志剧，因为我不是特别喜欢用英雄主义色彩来解构这个剧。这是我对这个电视剧有意见的地方，孙少安的位置上升，有点把英雄主义上升了。但是从电视剧创作的角度来看，我也不完全否定这样的设置。因为大家知道现在的电视剧生态和文艺剧生态，完全还原原著中的20世纪80年代，我们没有这个生态环境。我把孙少安的爱情表达，理解为当代妥协，因为在今天讲述崇高是一个难题。[②]

第二节 《平凡的世界》文本形象的“历史化”

一、现实主义形象的建构与解构

现实主义是《平凡的世界》最早的“形象”，而且这个“形象”一直延续至今。但是，随着理论界和评论界对“现实主义”理解的变迁，这个“形象”的内涵和指向、蕴含的情感和价值都在发生变化。它最早确立于《平凡的世界》(第一部)讨论会上。据当时的会议纪要记载：“座谈会上，评论家们给予小说以这样的总体评价，认为《平凡的世界》是一部具有内在

---

① 郝庆军等：《〈平凡的世界〉：历史与现实》，《文艺理论与批评》2015年第5期。

② 《电视剧〈平凡的世界〉研讨会发言摘登》，2015年4月3日《光明日报》。

魅力和激情的现实主义力作。"①当时的评论者用"严格的""严谨的""真正的""具有现代意义的"等修饰和限定语，将《平凡的世界》的现实主义区别于"镜子式"的现实主义，也区别于"柳青式"的现实主义。这个现实主义的形象是建立在"区别"的基础上的：第一，它是区别于"社会的现实主义"的"心理的现实主义"（这是20世纪80年代特有的一个概念，它认为果戈理、托尔斯泰、鲁迅甚至是陀思妥耶夫斯基的创作都属于"心理的现实主义"）；第二，它区别于柳青的政治化、阶级化的现实主义，是"按照生活的本来面目，按照人物自身的心理逻辑、命运历程把生活忠实地再现出来"②的现实主义。这个"形象"主要由秦兆阳、朱寨、雷达、蔡葵、曾镇南、白烨、李星等人在20世纪八九十年代建立起来。它的内涵是：强调《平凡的世界》真实地反映了文本所描写时代的社会状况；强调文本不仅真实地刻画了社会生活的细节，而且准确地揭示了社会中人的心理；强调《平凡的世界》扬弃了柳青那种从阶级和政治角度入手刻画人物的手法，从生活和个人感受出发塑造人物形象；强调《平凡的世界》处于时代"潮流"之外。

在《平凡的世界》的众多"形象"中，现实主义"形象"是最容易也是最不容易被"历史化"的。20世纪80年代以来，现实主义内涵的变迁与随着时代变迁而发生的知识结构的变化之间存在着显而易见的"对应"关系，也正因为如此，在中国语境中现实主义从来就不是作为一种纯粹的艺术手法而

---

① 一评：《一部具有内在魅力的现实主义力作——路遥长篇小说〈平凡的世界〉（第一部）讨论会纪要》，《小说评论》1987年第2期。

② 一评：《一部具有内在魅力的现实主义力作——路遥长篇小说〈平凡的世界〉（第一部）讨论会纪要》，《小说评论》1987年第2期。

存在的，它与意识形态之间的关系错综复杂，所以将《平凡的世界》的现实主义“形象”“历史化”困难重重。回到“历史现场”，在《平凡的世界》问世的20世纪80年代中后期，现实主义所面对的压力一方面来自“现代派”“寻根”“先锋”等代表的文学创新浪潮，一方面来自“十七年”时期遗留下的“政治化”“阶级化”的现实主义的“负面形象”。所以，20世纪80年代中后期以至90年代前期，《平凡的世界》现实主义“形象”建构的逻辑是：现实主义可以而且应该恢复其“朴素”的内涵，与“革命现实主义”相剥离，同时剥离之后的现实主义作为一种创作手法和写作伦理足以与当时的文学创新浪潮相抗衡，并且取得不俗的成就。90年代以后，随着现实主义所面对的压力的减小(“先锋”作家的“集体转向”标志着文学形式创新浪潮的退潮；“十七年”文学的“政治性”成为一种常识)和现实主义文学创作本身的变化，《平凡的世界》的现实主义“形象”也发生了变化。“传统”现实主义和向“经典”现实主义的回归成为它的标签。邵燕君认为，“以扎实可信的细节创造逼真的现实感”是“现实主义作品最基本的魅力所在”[①]。《平凡的世界》不仅要区别于柳青的作品，还要区别于新时期初期的“伤痕文学”和“改革文学”，它要“致敬”的是司汤达和罗曼·罗兰。《平凡的世界》书写出了历史与时代中的“个人记忆”，“路遥有意让他的主人公远离政治旋涡的中心，孙少安、孙少平的成长历程基本像约翰·克利斯朵夫、于

① 邵燕君：《〈平凡的世界〉不平凡——“现实主义常销书”生产模式分析》，《小说评论》2003年第1期。

连那样是在特定历史环境下个人奋斗的历程”[①]。邵燕君还认为：“优秀的现实主义作品不但能创造出逼真的现实感，还能成功地创造一种乌托邦式的意识形态幻觉。”[②]在《平凡的世界》中它表现为“一种非常光明乐观的信仰：聪明、勤劳、善良的人最终会丰衣足食、出人头地、光宗耀祖”[③]。李云雷将《平凡的世界》的这种现实主义称为“建构性的现实主义”。他认为，《平凡的世界》“不是批判现实主义，而是一种建构性的现实主义，是一种有方向、有理想的现实主义。但是它又跟 1950 年代的社会主义现实主义不一样，它所有的不是一种比较明确或坚固的理想，或者特别急迫的理想，而是在悬置了理想或将理想抽象化之后，仍朝那个方向努力”[④]。

与此同时，《平凡的世界》的另一个现实主义“形象”也逐渐建立起来，那就是“制度”的现实主义。杨庆祥指出：

> 对于中国和前苏联而言，现实主义借助意识形态的力量获得一度的“威权地位”，并形成一种特殊形态（有时候被称之为“社会主义现实主义”），这一形态改写了现实主义的内容和形式，并把现实主义从一种“美学观念”变为一种“制度实践”……路遥的独特意义正在于此，他是作为“制度”的现实主义在中国最后的一次扎实

① 邵燕君：《〈平凡的世界〉不平凡——“现实主义常销书”生产模式分析》，《小说评论》2003 年第 1 期。

② 邵燕君：《〈平凡的世界〉不平凡——“现实主义常销书”生产模式分析》，《小说评论》2003 年第 1 期。

③ 邵燕君：《〈平凡的世界〉不平凡——“现实主义常销书”生产模式分析》，《小说评论》2003 年第 1 期。

④ 郝庆军等：《〈平凡的世界〉：历史与现实》，《文艺理论与批评》2015 年第 5 期。

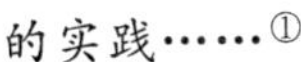
的实践……[1]

“制度”的现实主义“形象”一方面将《平凡的世界》与1942～1980年的“主流文学”联系起来，另一方面指出从单纯的“美学原则”入手分析《平凡的世界》是不可靠的。程光炜指出，杨庆祥是“把路遥‘重新’放回到他当时创作的历史语境之中，通过他与这种语境的分析性研究，来重审他被边缘化的‘当代性问题’的”[2]。

二、“文学事实”意义上的经典形象的“历史化”分析

随着文学社会学和接受美学研究方式在当代文学研究领域逐渐受到重视，越来越多的研究者从文学生产与消费角度，从读者反应的角度研究当代文学现象，考察文学生产作为一个门类在整个社会系统中的位置和作用。他们重视读者特别是大众读者的文学阅读和消费活动，研究大众读者的阅读状况、文学需求，以及大众读者的参与对当代文学的构建意义。法国的埃斯卡皮所言的“文学事实”和皮埃尔·布尔迪厄提出的“文学场”都是他们的研究的重要理论基础。从积极的角度看，这样的研究有利于突破以往研究的局限。

2000年以后，围绕“文学事实”意义上的经典形象，现实主义“常销书”、人生之书、励志之作、文学史著作上的缺席者等形象在《平凡的世界》的批评史上建构起来。支撑它们的

① 杨庆祥：《路遥的自我意识和写作姿态——兼及1985年前后“文学场”的历史分析》，《南方文坛》2007年第6期。

② 程光炜：《文学史研究的“当代性”问题》，《文艺争鸣》2008年第11期。

共同逻辑基础是:第一,强调大众读者和“市场”在作品评价体系中的重要作用;第二,强调文学抚慰灵魂的作用。现实主义“常销书”、“文学事实”意义上的经典、人生之书和励志之作等形象,几乎不需要论证,只需援引各种读者阅读调查报告和《平凡的世界》发行量统计数据,就可以轻易建立起来。问题的关键在于,如何对这些形象进行评价与价值判断。能够取得的共识是:20 世纪 80 年代改革的现实图景和“承诺”催生了《平凡的世界》中的“温暖”与“励志”。邵燕君认为:“正是这样一个相对的‘黄金时代’的生活基础,奠定了这套朴素信仰的‘光明内核’:社会虽然有无数的不公正,但通过不屈不挠的艰苦奋斗终能获得成功和幸福。”[①]何吉贤认为:“1975～1985 年,‘改革’起点处,农村与‘改革’最融洽的最初十年……在卑微的‘平凡世界’中,因为诚实的劳动,‘平凡的人’获得了尊严,镌刻在当代社会结构中的‘身份政治’也才有了打破的可能……”[②]这样的解读显然是“回到”20 世纪 80 年代的“历史现场”,在承认改革初期提供了一个美好愿景的前提下,肯定《平凡的世界》文本中的“温暖”与“励志”有历史依据。但是,仅仅分析到这个程度显然是不够的,因为 90 年代以后,随着改革的进一步深化,各种矛盾暴露出来,改革初期的一些“承诺”并没有“兑现”。

在这样的情况下应该如何理解《平凡的世界》文本中的“励志”因素,如何理解 90 年代以后的“底层读者”的“励志

① 邵燕君:《〈平凡的世界〉不平凡——“现实主义常销书”生产模式分析》,《小说评论》2003 年第 1 期。

② 郝庆军等:《〈平凡的世界〉:历史与现实》,《文艺理论与批评》2015 年第 5 期。

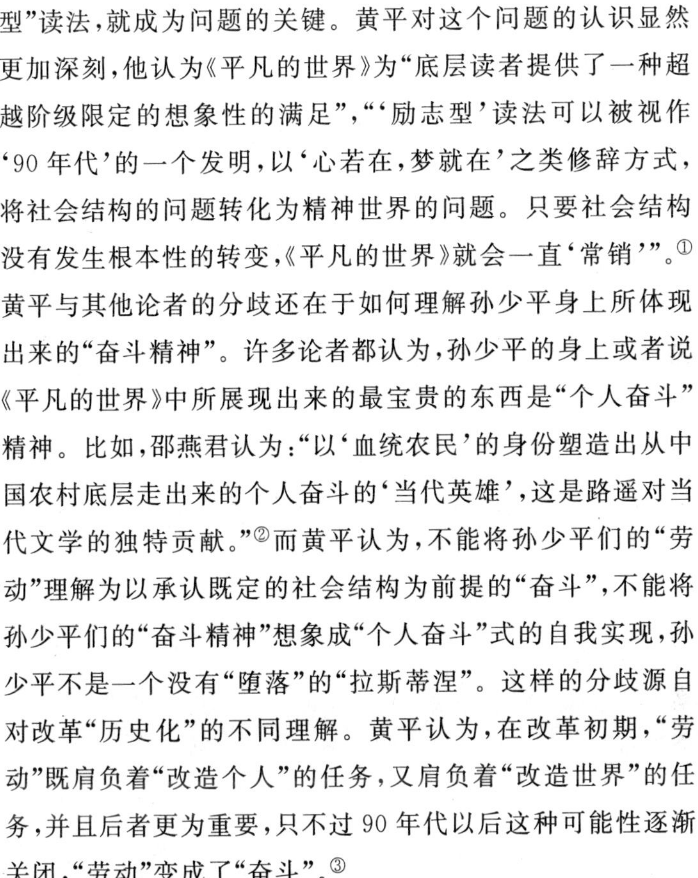

型”读法，就成为问题的关键。黄平对这个问题的认识显然更加深刻，他认为《平凡的世界》为“底层读者提供了一种超越阶级限定的想象性的满足”，“‘励志型’读法可以被视作‘90 年代’的一个发明，以‘心若在，梦就在’之类修辞方式，将社会结构的问题转化为精神世界的问题。只要社会结构没有发生根本性的转变，《平凡的世界》就会一直‘常销’”。[1]黄平与其他论者的分歧还在于如何理解孙少平身上所体现出来的“奋斗精神”。许多论者都认为，孙少平的身上或者说《平凡的世界》中所展现出来的最宝贵的东西是“个人奋斗”精神。比如，邵燕君认为：“以‘血统农民’的身份塑造出从中国农村底层走出来的个人奋斗的‘当代英雄’，这是路遥对当代文学的独特贡献。”[2]而黄平认为，不能将孙少平们的“劳动”理解为以承认既定的社会结构为前提的“奋斗”，不能将孙少平们的“奋斗精神”想象成“个人奋斗”式的自我实现，孙少平不是一个没有“堕落”的“拉斯蒂涅”。这样的分歧源自对改革“历史化”的不同理解。黄平认为，在改革初期，“劳动”既肩负着“改造个人”的任务，又肩负着“改造世界”的任务，并且后者更为重要，只不过 90 年代以后这种可能性逐渐关闭，“劳动”变成了“奋斗”。[3]

由此可见，对这些“形象”作出价值判断的前提是将改革

---

① 黄平：《从“劳动”到“奋斗”——“励志型”读法、改革文学与〈平凡的世界〉》，《文艺争鸣》2010 年第 3 期。

② 邵燕君：《〈平凡的世界〉不平凡——“现实主义常销书”生产模式分析》，《小说评论》2003 年第 1 期。

③ 参见黄平：《从“劳动”到“奋斗”——“励志型”读法、改革文学与〈平凡的世界〉》，《文艺争鸣》2010 年第 3 期。

“历史化”。改革作为“第二次革命”的重要任务之一就是解除“文化大革命”以及“十七年”对个人的压抑，重新承认个人、个体的合法性，释放个体的能动性。从这个意义上讲，改革是肯定“个人奋斗”精神的。但是仅理解到这个程度是不够的，如果不能厘清20世纪80年代的个人与90年代以后的个人的区别，那么，我们就无法深刻理解孙少平身上所体现出来的奋斗精神。这种奋斗精神绝不能等同于当下在大城市辛苦打拼，来自农村和小城市，从事着“底层”工作，怀揣梦想的“打工者”的奋斗精神。1992年开启的“市场经济”是一个分水岭，它让改革所“讲述”的个体迅速“窄化”为“经济个人主义”意义上的个体，而20世纪80年代改革所赋予个人的丰富性被“封存”了起来。

由此牵涉出的文学史著作上的缺席者形象也是近年来研究者比较关心的问题。20世纪90年代以来的重要的当代文学史著作，对《平凡的世界》或只字不提，或仅述寥寥数语。这种情况引起了部分学者的不满。比如李建军认为：

> 路遥还被我们时代的“文学批评”及“文学史”忽略和遗忘。我们在中国的评论性的文学杂志里，已很少看到路遥的名字了。……路遥的小说，尤其是《平凡的世界》，却是当代大学生最喜欢的文学作品。①

邵燕君认为造成这种情况的原因在于，“现实主义审美领导权”弱化以及“学院派”圈子中“文学精英集团”的“话语权力”对不够“新潮”的研究者和作家形成强大的辐射力和压制力。

---

① 李建军：《文学写作的诸问题——为纪念路遥逝世十周年而作》，《南方文坛》2002年第6期。

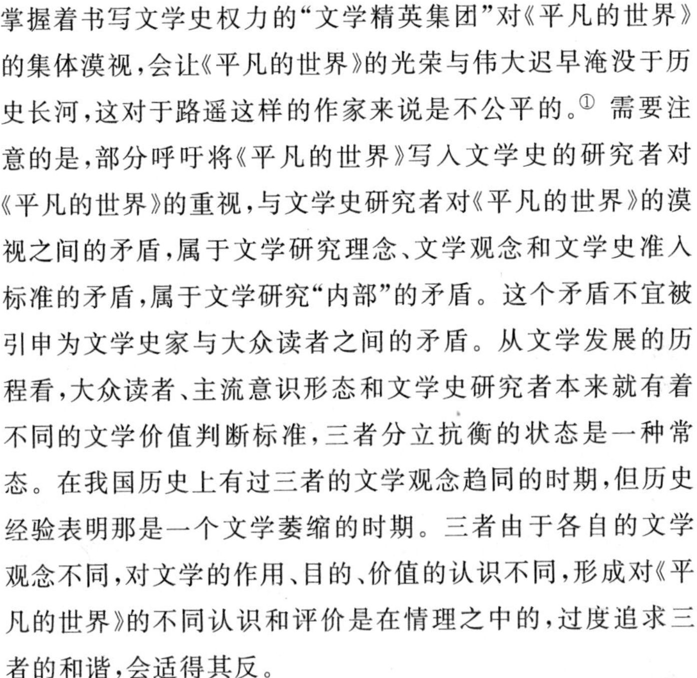

掌握着书写文学史权力的"文学精英集团"对《平凡的世界》的集体漠视，会让《平凡的世界》的光荣与伟大迟早淹没于历史长河，这对于路遥这样的作家来说是不公平的。[①] 需要注意的是，部分呼吁将《平凡的世界》写入文学史的研究者对《平凡的世界》的重视，与文学史研究者对《平凡的世界》的漠视之间的矛盾，属于文学研究理念、文学观念和文学史准入标准的矛盾，属于文学研究"内部"的矛盾。这个矛盾不宜被引申为文学史家与大众读者之间的矛盾。从文学发展的历程看，大众读者、主流意识形态和文学史研究者本来就有着不同的文学价值判断标准，三者分立抗衡的状态是一种常态。在我国历史上有过三者的文学观念趋同的时期，但历史经验表明那是一个文学萎缩的时期。三者由于各自的文学观念不同，对文学的作用、目的、价值的认识不同，形成对《平凡的世界》的不同认识和评价是在情理之中的，过度追求三者的和谐，会适得其反。

第三节 《平凡的世界》"历史化"图景的历史评价

一、《平凡的世界》的"历史化"图景

陈晓明认为："文学的'历史化'就是文学叙事最终会建

① 参见邵燕君：《〈平凡的世界〉不平凡——"现实主义常销书"生产模式分析》，《小说评论》2003 年第 1 期。

构起可理解的历史性，现实主义文学通过再现的手法，使得那些讲述的内容'成为'客观的历史存在，并且使之具有合法性。"[①]从这个意义上讲，《平凡的世界》的"历史化"诉求强烈而明确。力图用文本真实再现从"文化大革命"后期到改革开放初期的历史与现实的客观真实，是内含于《平凡的世界》文本中的写作目的。为达到这一目的，路遥在写作方式的选择、作者自我形象的构建和写作技巧的使用三方面下足了功夫。

《平凡的世界》的写作方式是路遥深思熟虑的结果。首先，路遥查阅了1975～1985年的《人民日报》《光明日报》、一种省报、一种地区报和《参考消息》的全部合订本，记录下某年某月某日发生的重大事件；然后，开始"深入生活"，"乡村城镇、工矿企业、学校机关、集贸市场、国营、集体、个体；上至省委书记，下至普通老百姓；只要能触及的，就竭力去触及"[②]。路遥这样做的目的是以此来保证文学的真实符合历史的真实。这是《平凡的世界》所遵循的美学原则。路遥认为："生活可以故事化，但历史不能编造，不能有半点似是而非的东西。只有彻底弄清了社会历史背景，才有可能在艺术中准确描绘这些背景下人们的生活形态和精神形态。"[③]为此，他要在"深入生活"的过程中，记录下常识性、技术性的东西，"占有具体生活"，以细节的准确保证文学创作的真实。

路遥通过《早晨从中午开始》等一系列自传体散文成功

---

① 陈晓明：《中国当代文学主潮》，第20页。

② 路遥：《早晨从中午开始》，第56页。

③ 路遥：《早晨从中午开始》，第54页。

地建构了一个文学“圣徒”的作者形象，这个形象一方面成为一部分论者褒扬其文学作品的依据，另一方面也是一部分论者反思其文学作品的重要“路径”。但是，有一点是可以肯定的，那就是它有助于路遥“历史化”诉求的实现。路遥通过文学“圣徒”的作者形象，抢占了“写作伦理”和“写作道德”的制高点，将作者的真诚转化为作品的真实，为其“历史化”诉求的实现增添了重要的砝码。

现实主义名号之下的《平凡的世界》给人一种错觉，那就是它并不讲究“技巧”。但是，从“历史化”角度观照《平凡的世界》，我们会发现它在叙事动力的选择和叙事中对“时间”的倚重两方面都显示了叙述的“技巧性”。推动其叙事向前发展的动力因素，从内容角度讲是社会时代的变迁，从形式角度讲是文本清晰标记的故事时间。《平凡的世界》以文本的故事时间“精准”对应历史与现实的时间，它以这样的方式“生成一种自身的历史性并再现出客观现实的历史性，这就是说，‘历史化’的文学艺术也可以反过来‘历史化’现实”[①]。时间以其“流动性”对应于历史，使其自身具有了“历史性”；历史存在于时间之中，或者说其本身就是时间。《平凡的世界》充分利用这二者的“同一关系”，成功地制造了文学的“幻觉”。而且，《平凡的世界》“对其所表现的社会现实具有明确的历史发展观念意识；文学叙事所表现的历史具有完整性。借助叙述的时间发展标记，这种完整性重建了一种历史，它可以与现实构成一种互动关系”[②]。路遥要以《平凡的世界》

① 陈晓明：《中国当代文学主潮》，第 20 页。

② 陈晓明：《中国当代文学主潮》，第 20 页。

“全景式反映中国近十年间城乡社会生活的巨大历史性变迁”,这并不是路遥的一句空泛的口号,在某种程度上,它已经成为《平凡的世界》文本所展现的“历史化”图景。但需要注意的是,这个“历史化”图景是文本对历史与现实“历史化”的结果。

《平凡的世界》所展现的“历史化”图景的核心是“改革”,换句话说,其所展现的“历史化”图景就是“改革”的“历史化”。从某种意义上来说,“改革”不仅仅是《平凡的世界》故事的背景和推动故事发展的动因,而且直接就是它的“主角”。

二、对《平凡的世界》“历史化”图景的评价

针对《平凡的世界》所展现的“历史化”图景,论者们有的给予了高度评价,有的则提出了不同看法。有的论者对《平凡的世界》所展现的“历史化”图景作以“社会史考辨”,梳理了《平凡的世界》对中国农村改革的“五步走”的认识逻辑,并认为:

> 在这认识逻辑内部,存在着解构力量的五组问题:其一,在放开市场与投机倒把的转化中,是否暴露了“改革”意识形态内部悖论;其二,在清算农业集体化时,是否引出80年代社会治理的旧根源与新问题;其三,在描绘家庭联产承包责任制逐步推开的过程中,农村改革是否出现了令人担忧的效果;其四,在农村剩余劳动力的转移当中,如何理解农村青年进城“走关系”的问题;其五,如何在农村经济转型时处理集体经济遗产的问题。

恰是路遥讨论这些问题时的矛盾，可以作为探视路遥对社会主义实践经验的具体取舍以及作家复杂思想资源的研究起点。①

有的论者从“纯文学”的角度出发，认为《平凡的世界》所展现的“历史化”图景存在诸多“败笔”。比如，杨光祖说：

> 笔者感到纳闷的是路遥为什么一定要在小说中出现这些中央、省地级干部呢？为什么给他们那么多的篇幅？就这部小说来说，这些情节完全可以删除，不但不影响小说的艺术价值，反而会加强其艺术水平。②

李建军也认为：

> 像乔伯年、田福军这样的“正面人物”，则几乎完全出于作者的想象，显得苍白而无力。③

但是，也有论者不同意这样的看法。比如，黄平认为：

> 如果不在“改革”的语境中重读《平凡的世界》，而是仅仅谈论“艺术”，田福军之类人物似乎没有必要。然而，这是路遥所理解的文学的必然性，除非不写，如果写了“孙少平”，必然要写“田福军”……这种“必然性”粗粝沉重，不是“精致的瓮”所能承担的。“改革”的一个关键点就是“自上而下”，离开“改革派”的呼应，难以想象孙少平一家乃至双水村命运的巨变。

---

① 陈思：《〈平凡的世界〉的社会史考辨：逻辑与问题》，《文学评论》2016 年第 4 期。

② 杨光祖：《论路遥〈平凡的世界〉中的创作误区与文化心态》，《社会纵横》2005 年第 6 期。

③ 李建军：《文学写作的诸问题——为纪念路遥逝世十周年而作》，《南方文坛》2002 年第 6 期。

并且认为:"《平凡的世界》对于'改革'的叙述,包含着'改革'的别样的可能性";"《平凡的世界》所叙述的'改革',本身就暗示着90年代以来'改革'的'走向'"。"以上两点似乎彼此矛盾,但是这种'混乱',恰恰对应着'改革'肇始阶段的多重面向,小说中所折射的矛盾状态,反而弥足珍贵。"从这个意义上讲,《平凡的世界》代表了20世纪80年代"改革文学"的成就。同时,这种观点也认为作为"改革文学"的《平凡的世界》最终还是"失败"了。黄平指出:

> 《平凡的世界》的失败在于,对于文本中无法缝合的罅隙,即"新世界"不断展开的同时不断地"体制化",路遥只能用"浪漫主义"的方法予以回避(这种廉价的处理方式注定《平凡的世界》无法跻身伟大作品的行列)……
>
> 路遥的失败,展现了文学的困境以及宰制文学的"改革"的困境。[①]

从文学接受的角度讲,根据小说文本改编的影视剧作品也属于小说文本接受史的一部分,其体现了改编者、导演对小说的不同角度的理解和接受。2015年播出的根据小说《平凡的世界》改编的同名电视剧,与小说本文相比,最大的不同在于它有意将主角由孙少平更换为孙少安,这样做不仅大大削弱了小说的丰富性,而且"遮蔽"了改革初期的另一种可能性,用一种所谓"今人"视角彻底"阉割"了小说文本的批判性。相对于小说文本的"历史化",电视剧的处理只能说是一种"现实化"。如果将"改革"视为《平凡的世界》的"主角",

---

① 黄平:《从"劳动"到"奋斗"——"励志型"读法、改革文学与〈平凡的世界〉》,《文艺争鸣》2010年第3期。

那么，“改革”的精神主要体现在孙少平身上。我们现在多将孙少平的人生选择和气质解读为一种“浪漫主义”，其实是不准确的。孙少平的“浪漫主义”源自改革初期本身的“浪漫主义”，只不过20世纪90年代以后“改革”的“浪漫主义”逐渐消失了。站在孙少平的角度或者路遥的角度，孙少平是一个不折不扣的“现实主义者”。

第二章
文学历史叙事批评与当代文化建设关系视角下的《古船》接受史

与《平凡的世界》《红高粱家族》不同，《古船》的影响主要限于文学圈子之内。笔者对《古船》在大连民族大学图书馆10余年的借阅情况进行的调查[①]显示：《古船》（人民文学出版社2004年版），2004～2018年共有35条借阅记录；《古船》（作家出版社2014年版），2014～2018年共有4条借阅记录。《古船》在2004～2018年共有借阅记录39条。其总借阅次数远远少于《平凡的世界》的618条（2000～2018年）和《红高粱家族》的255条（2004～2018年）。造成这种情况的重要原因在于：《古船》缺乏触发大众读者阅读兴趣的阅读兴奋点。同是产生于20世纪80年代的文学作品，《红高粱家族》和《平凡的世界》之所以在2000年之后依然能够吸引大众读者的阅读兴趣，诺贝尔文学奖效应、影视剧传播的作用不可忽

① 调查数据统计时间截止到2018年7月9日。

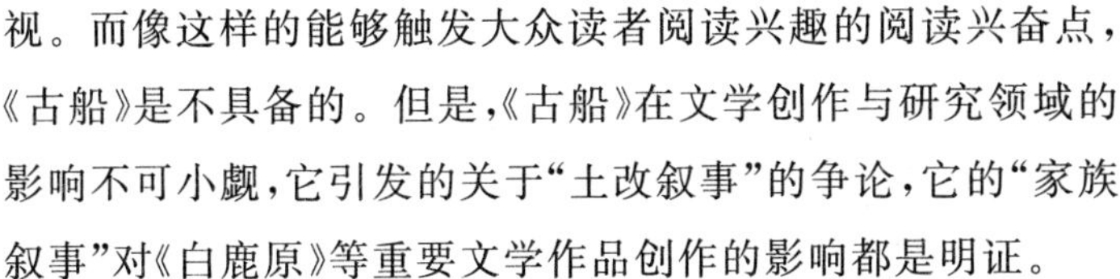

视。而像这样的能够触发大众读者阅读兴趣的阅读兴奋点，《古船》是不具备的。但是，《古船》在文学创作与研究领域的影响不可小觑，它引发的关于“土改叙事”的争论，它的“家族叙事”对《白鹿原》等重要文学作品创作的影响都是明证。

第一节　20世纪80年代的人道主义思潮与20世纪八九十年代的《古船》接受史

一、新时期以来文学历史叙事及其批评的文化资源与《古船》的版本

新时期以来文学的历史叙事及其批评所依赖的文化资源有：第一，形成于20世纪80年代，混合着青年马克思主义（人道主义的马克思主义）与西方传统人性论，并被本土化了的人道主义；第二，根据时代需要改造了的乡土中国经验；第三，经典马克思主义。从新时期以来文学的历史叙事所叙述的主要对象（中国革命史、“十七年”“文化大革命”“改革”）来看，暴力革命与阶级斗争都是无法回避的历史存在。新时期以来的文学历史叙事虽然从人性、人道主义、民间立场出发，对其合法性与合理性进行质疑和解构，但是无论作为一种客观存在还是作为一种对立面存在，新时期以来的文学历史叙事都必须对其作出回应。

以上三种思想文化资源在作为当代文学历史叙事转折时期的重要作品的《古船》中都有所显现，并且它们在《古船》中所呈现的杂糅、矛盾、抵牾状态也预示着新时期以来的文

学历史叙事既丰富又矛盾的走向。三种思想文化资源各成体系，且内容博大精深，每种文化都含有积极的力量，同时也都有值得商榷的地方，它们共同构成了当代文化思想的传统，或者说，当代文化建构于其上，当代文化的积极和消极成分都可以回溯到这三种文化根源。当代文化只能建构于其上，所以无论从理论上还是实践上，我们都必须将其积极的因素加以整合，而不是相互消损，这样才能建构一种积极的当代文化。具体到当代文学的历史叙事，它是当代文化的一个重要组成部分，它处理三种思想文化资源时的态度，既是当代文化的一个缩影，又深刻影响着当代文化的构建，所以如何充分开掘和利用三种文化资源的积极因素，来构建文学的历史叙事，不仅关涉文学对待历史的态度，而且关涉当代文化的建设。新时期以来的文学历史叙事基本消除了此前从单一的阶级斗争和暴力革命角度叙述历史的弊端，充分展现了历史的丰富性，特别是对“被历史遗忘的角落”的表现，功不可没。但是也存在着很大的问题：其一，对经典马克思主义资源往往采取简单化的处理方式，有矫枉过正之嫌；其二，对丰富驳杂的民间文化资源，原生态的展现有余，必要的价值判断和筛选不足；其三，对人道主义与人性的认同难以提供“本土化”依据，也就是说，人道主义与人性虽然可以作为一种普世的道理，但是当其成为评判历史的唯一标准的时候，历史往往被叙述成人道与反人道、人性与反人性的对立，这样的简单化的处理与将丰富的历史过程最终归结为阶级斗争一样，都不是对待历史的正确态度。上述这些问题是新时期以来文学的历史叙事一直面临的问题，直至今天仍未能得到很好的解决。

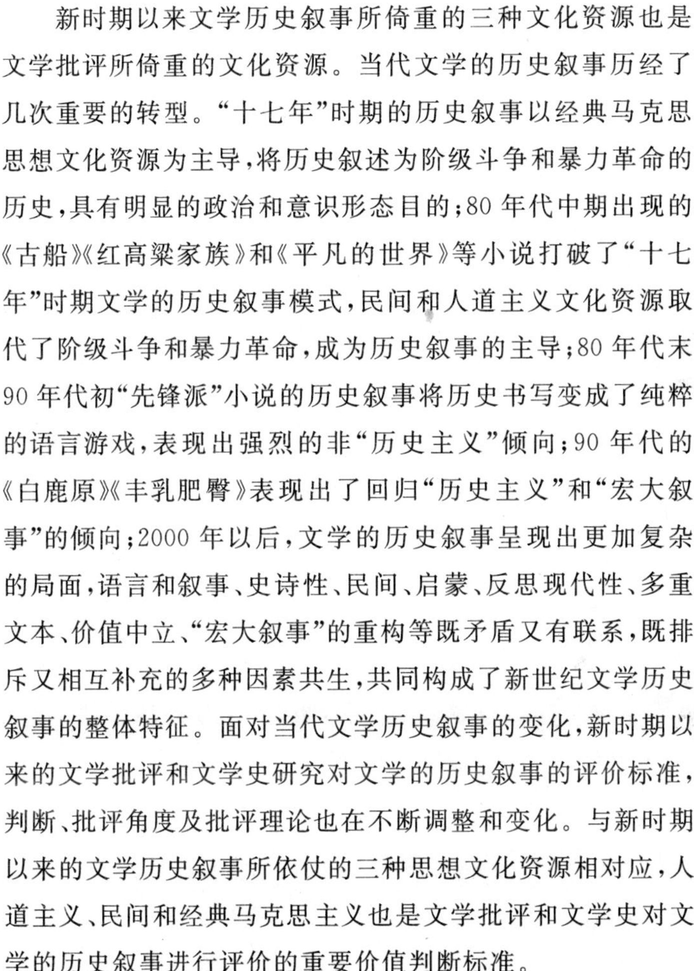

新时期以来文学历史叙事所倚重的三种文化资源也是文学批评所倚重的文化资源。当代文学的历史叙事历经了几次重要的转型。“十七年”时期的历史叙事以经典马克思思想文化资源为主导，将历史叙述为阶级斗争和暴力革命的历史，具有明显的政治和意识形态目的；80年代中期出现的《古船》《红高粱家族》和《平凡的世界》等小说打破了“十七年”时期文学的历史叙事模式，民间和人道主义文化资源取代了阶级斗争和暴力革命，成为历史叙事的主导；80年代末90年代初“先锋派”小说的历史叙事将历史书写变成了纯粹的语言游戏，表现出强烈的非“历史主义”倾向；90年代的《白鹿原》《丰乳肥臀》表现出了回归“历史主义”和“宏大叙事”的倾向；2000年以后，文学的历史叙事呈现出更加复杂的局面，语言和叙事、史诗性、民间、启蒙、反思现代性、多重文本、价值中立、“宏大叙事”的重构等既矛盾又有联系，既排斥又相互补充的多种因素共生，共同构成了新世纪文学历史叙事的整体特征。面对当代文学历史叙事的变化，新时期以来的文学批评和文学史研究对文学的历史叙事的评价标准，判断、批评角度及批评理论也在不断调整和变化。与新时期以来的文学历史叙事所依仗的三种思想文化资源相对应，人道主义、民间和经典马克思主义也是文学批评和文学史对文学的历史叙事进行评价的重要价值判断标准。

《古船》是当代文学历史叙事的重要文本，它不仅内容上涉及对“土改”“大跃进”“大饥荒”“文化大革命”和20世纪80年代初的“改革”等重大历史事件的描写，而且在历史叙事的叙事角度、叙事方式、历史观等的转变方面也具有重要意义。《古船》身处当代文学的转折时期，它在历史叙事方面所提出的一系列问题，在后来的文学历史叙事中都没有得到很好的解决。在新时期以来文学历史叙事批评的框架中梳理《古船》的批评史，并作出历史的分析，其意义在于揭示新时期以来文学历史叙事批评与研究的症候以及文学历史叙事研究与当代文化建设之间的互鉴关系。

截至2017年底，在中国大陆出版的《古船》大致有如下版本：人民文学出版社1987年版、1994年版、2000年版、2002年版、2004年版、2007年版、2010年版，作家出版社1996年版、2013年版、2014年版，上海文艺出版社1997年版，山东文艺出版社2001年版，花山文艺出版社2001年版，漓江出版社2007年版，工人出版社2010年版、2012年版，上海人民出版社2013年版，岳麓书社2013年版（线装本），湖南文艺出版社2014年版，山东教育出版社2016年版，长江文艺出版社2016年版、2017年版，等等。

二、《古船》的创作缘起及其在《当代》编辑部内外引起的争论

对于《古船》的创作缘起，可以从两方面进行讨论。从主观方面看，张炜自20世纪70年代中期开始创作诗歌，80年代初开始发表小说，到80年代中期，他从事文学创作已有10年左右的时间。彼时的张炜已经积累了丰厚的创作经验，无论在文学创作还是在个人心境的表达上，他都需要一次超越与提升，于是创作一部长篇小说成为一件水到渠成而且非常迫切的事情。时隔20余年后，张炜在回忆《古船》的创作时讲道：

……当时我发表作品已经十余年了，但总觉得还没有真正写出自己。这种感觉直到现在回忆起来，都十分清晰。当时随着作品数量的积累，这种希望有一次更重要、更深入、更集中、更酣畅的表达的心情和愿望，变得强烈起来了。那是我的第一个长篇，它可以容纳我近三十年的人生经历中的一部分重要经验。当时的阅读量很大，中外现当代（介绍过来的）作品中最激动人心的代表作可能都读过了。我觉得有一些长篇小说，其中的一部分，艺术和生活的密度还需要增强。我想用这一次实践来改变一下。[①]

从客观方面看，张炜在 1980～1984 年供职于山东省档案馆，有机会接触到大量地方志资料，特别是关于山东省“土改”期间发生的一系列暴力事件的记载，这些资料给了他极大的触动。张炜说：

我走遍了（芦青）河两岸所有城镇，拜访了所有大的粉丝厂和作坊。我读过了所能找到的所有关于那片土地的县志和历史档案资料，仅关于土改部分的，就约有几百万字。我还访问过很多很多当事人、当年巡回法庭的官员，访问过从前线下来的伤残者、战士、英雄和幸存者。[②]

主、客观两方面的机缘，触发了《古船》的创作。

《古船》刊发于《当代》杂志 1986 年第 5 期。它的刊发过程并非一帆风顺，小说中关于“土改”的叙事，曾经引发编辑

---

① 张炜：《写作：八十年代以来》，《扬子江评论》2010 年第 2 期。

② 张炜：《古船》，人民文学出版社 1994 年版，第 410 页。

部内外激烈的争论。刊发《古船》的责任编辑何启治读罢稿子便心生疑虑：

> 其一，小说既写了国民党还乡团的残酷报复，也直接描绘了在土改中一些农民违反党的政策，错打错杀的恐怖画面。在这个重要问题上如何掌握分寸，我还没有把握。其二，小说在艺术上似乎尚欠圆熟，有的表现在语言文字上，有的表现在塑造人物上，如多次讲隋抱朴学习《共产党宣言》寻找自己行动的理论依据，总显得有点牵强。[①]

何启治建议主编孟伟哉或副主编朱盛昌参与终审。朱盛昌看过《古船》直接写到土改扩大化、错打错杀的第17、18章后，认为一定要改。这便有了后来加上去的“巡回人民法庭”和“土改”工作队王书记坚决制止乱打乱杀、维护党的土改政策的文字。

《古船》发表后，1986年11月17～19日，中共山东省委宣传部联合中国作协山东分会、山东省文学研究所、山东省文学创作室、《文学评论家》编辑部和《当代企业家》编辑部五家单位在济南召开了《古船》研讨会，参会的还有《当代》《文艺报》《上海文学》、中国作协上海分会等单位的代表。12月27日，《当代》编辑部又邀请在北京的部分评论家、作家、编辑近40人召开了《古船》座谈会。两次讨论会规模之大，争论之激烈和深入，可谓空前。两次会议都参加了的何启治说：在讨论中，虽有批评的声音，但是绝大多数论者对《古船》

---

① 何启治：《道是无晴却有晴——从〈古船〉〈九月寓言〉〈白鹿原〉的命运看新时期文学破冰之旅的风雨征程》，《延安文学》2012年第5期。

倍加赞赏。

在《古船》出版单行本的问题上，编辑部内部也出现了不同意见。1987年2月2日，何启治向社长、主编提呈书面报告。据他后来说：

> 我在报告中说："我主张明确回答作者：《古船》按原计划和正常程序出书，哪怕先印一万册也好。……"为了表明自己郑重负责的态度，我在这份写给出版社一把手的书面报告中毫不含糊地说："如果有必要，我愿意对上述建议负责。"①

最终，《古船》在1987年8月由人民文学出版社出版。

三、20世纪80年代的人道主义思潮与《古船》的接受

一般认为，20世纪80年代的人道主义思潮是指80年代前期关于马克思主义的人道主义与"异化"问题的理论论争思潮，以及文学史上"伤痕文学""反思文学"所代表的文学创作潮流。但是它的影响却不仅限于80年代前期，不仅整个80年代文学、哲学、美学领域所出现的"人学"名义之下的理论与实践，都可以视为80年代人道主义思潮的一部分，而且在80年代人道主义思潮讨论中形成的若干观点，也已经成为"常识"，深刻地影响着90年代以后的人文学科的发展。

20世纪80年代的人道主义思潮内容十分驳杂，它包含一系列内涵重合又有差异的思想和概念，如启蒙思想、异化

① 何启治：《道是无晴却有晴——从〈古船〉〈九月寓言〉〈白鹿原〉的命运看新时期文学破冰之旅的风雨征程》，《延安文学》2012年第5期。

理论、主体性理论、人性论、青年马克思主义思想等。它的基本对立面是经典马克思主义的“阶级论”，它的重要理论来源之一是西方的启蒙思想，但这并不意味着它是反马克思主义或非马克思主义的。它的另一个重要的理论来源是青年马克思主义，这又使得它是社会主义话语资源内部的一次重要调整。

虽然将20世纪80年代比肩于“五四”的论调已经得到了充分的反思，但是，将反思旧文化、开创新文化作为二者的共同点还是能够得到学者们的认同。80年代是一个充满激情的年代，也是一个充满变数的年代。80年代的人们热情、真诚地反思旧文化、开创新文化，但是在建设一个什么样的新文化问题上却并不清晰明朗。这个问题反映到作为文化建设重要组成部分的文学创作与文学批评上，十分明显。特别是关涉到文学历史叙事及其批评的时候，各种观点之间的差异、矛盾与对立更加突出。以《古船》为例，在其问世之初，评论界争论的焦点在于《古船》对“土改”的描写与评价。否定的一方认为，《古船》从“抽象的人道主义”出发对“土改”的书写，从根本上妨碍了对“土改”的真实反映，因为“抽象的人道主义”“不是从现实的人出发，而是从抽象的人出发，把现实的人的问题，归结为抽象的人的问题，‘人本身’的问题”，“这种观点无法正确理解革命的阶级斗争，从根本上说来，无法为我们提供有关这种斗争的真实的图画”。[①] 有的论者认为应该正确区分暴力的不同性质，采取不同的应对手段。比如，赵祖汉指出：

---

① 陈涌：《我所看到的〈古船〉》，《当代》1988年第1期。

> 假如冷静地审视洼狸镇土改期间那残酷的现象，可以看出三种情况：地主还乡团对农民的反攻倒算，这是阶级报复；赵多多之流的假公济私，奸淫掠夺，是流氓无产者从内部对土改的破坏；一些农民从狭隘的复仇心理出发对地主的过激行为。对第一种要武装镇压，对第二种要法律制裁，对第三种要进行教育，必要时也要采取适当的法律手段。把上述现象一概列为人类互相撕咬并认定为人类的原罪，就掩盖了历史是非，是从抽象的人性论出发对历史的曲解。建立在这种历史观上的人道主义只能是抽象的人道主义。[①]

还有的论者从人性与历史的关系这一角度出发，认为“借助于苦难的境遇去艺术地描写人性的升华或堕落是一回事，从人性的角度去思索苦难的原因，寻找摆脱苦难的途径，却是另一回事。前者是通过历史去理解人性，可谓文学的正道；后者是用人性的善恶来解释历史，势必导向唯心论的迷途”[②]。这是见诸文字的批评，还有一些未见诸文字的批评，甚至“影响了单行本出版和该刊(《当代》)嗣后评论文章的正常发表”[③]。据何启治事后披露，最开始交到他手里的《古船》文稿没有“巡回人民法庭”和“土改”工作队王书记坚决制止乱打乱杀、维护党的土改政策的文字，这个1000多字的片段

---

① 赵祖汉：《因果报应的背后——〈古船〉与〈浮躁〉漫议》，《文学自由谈》1989年第5期。

② 黎辉、曹增渝：《历史的道路与人性的冥想——评〈古船〉中对苦难的思索》，《小说评论》1987年第5期。

③ 郜元宝：《为鲁迅的话下一注脚——〈古船〉重读》，《当代作家评论》2015年第2期。

是迫于发表压力，经由他与张炜协商后，由张炜后加上去的。但这也并没有阻止那些“不见诸文字的批评”。当然，即便如此，批评的声音也并不是《古船》评价的主流，更多的评论者给予了《古船》赞扬和辩护。比如，有的论者在《古船》发表不久即指出：

> 我查阅过不久前出版的《中共山东党史大事记》，发现山东土改反复很大，确有“乱捕乱杀现象极为严重”，“根据百分之九十农民的意见办”，“自大鲁南会议后，全省停止乱打乱杀现象”的记载，以及毛泽东，刘少奇等同志不断发出纠正错误的指示的记载。……作家在今天重写土改，是试图用一种新的意识，即把它作为人向自由境界漫漫长途跋涉的一个苦难阶段来看，所以重点不再象以往的作品那样，强调革命爆发的必然性根源，而是转换视点，强调即使在正义的大革命中，仍然伏藏着历史的惰性，民族的惰性和人的惰性。这样的眼光，正是宏观的现代意识的表现。①

有的论者认为，《古船》“描写的是极左政治与封建残余结盟对农民的残酷的剥夺以及农民对这种剥夺的麻木、隐忍、仇视和反抗。《古船》的政治倾向是明确的，它所揭露和攻击的矛头始终对准极左政治、封建残余。当它把农民自身的弱点当作农民接受外界压迫的内应物来描写的时候，也不惮于痛下针砭。中国农民的古典命运以稍作变通的形式重演于解放后的中国，便是由上述因素的交互作用所决定的。必须彻

① 雷达：《民族心史的一块厚重碑石——论〈古船〉》，《当代》1987年第5期。

底抛弃被形而上学所歪曲了的阶级论，必须彻底抛弃作为这种阶级论的文学理论反映的机械的典型论，必须彻底抛弃人道主义无论怎样都不能成为一种价值标准的历史偏见，才能正确理解《古船》以三个家族的矛盾结构它的历史悲剧的合理性”①。还有的论者认为，隋抱朴“这位洼狸镇上的农村知识分子从《共产党宣言》中吸取的是一种革命的、进取的人道主义精神，是一种灌注了真诚的民族情感的人道主义精神”②。

其实，《古船》的历史叙事是否是一种“抽象的人道主义”早已不是问题。比如，陈思和认为：

> 张炜成为当代文学史上第一个把土改中的暴力作为一种病例个案，放在人性的聚光灯下加以解剖和考察的作家。在其思维力度所能够达到的范围内，他把暴力视为人性异化的结果，超越了政党与政治的斗争。③

同时，陈思和也十分赞赏《古船》将暴力与阶级斗争联系起来进行思考的做法。他说：

> 《古船》对暴力的反省达到了文学史上最高水平。作家张炜不是一般地揭示人性与暴力倾向的内在关系，而是把人性中的暴力视为阶级斗争的一个必然后果，是人性在阶级社会中异化的产物，这样，就与一般地从抽

---

① 冯立三:《沉重的回顾与欣悦的展望——再论〈古船〉》,《当代》1988年第1期。

② 鲁枢元:《从深渊到峰巅——关于〈古船〉的评论》,《当代作家评论》1988年第2期。

③ 陈思和:《土改中的小说与小说中的土改——六十年文学话土改》,《南京大学学报》(哲学·人文科学·社会科学版)2010年第4期。

> 象人性角度来探讨暴力划清了界限;同时,他也没有把土改中的暴力行为仅仅归结为少数流氓痞子的本性使然,而是把暴力视为一定阶级关系下必然性的表现:既是农民的,也是地主的。换句话说,所有的人在特定的历史环境下都可能产生暴力行为。[①]

所以,从今天的视角来看,更重要的是通过对《古船》的历史叙事批评的回顾,来具体分析"人道主义""人性"等看似具有天然合法性的概念,在不同历史语境中所携带的不同含义。因为它们正是构建当代文化的重要基础和来源之一。"人道主义"与"人性"能够在20世纪80年代的文化建设中占据主导地位,主要是因为亲历了以"阶级斗争为纲"年代的人们对"阶级斗争"的恐惧,"人道主义"与"人性"是他们能够找到的对抗"阶级斗争"的最好的武器。但是这并不意味着他们对"人道主义"与"人性"的认识达成一致,也就是说,他们在破除"旧文化"方面团结一致,在建设一个什么样的"新文化"方面却远未统一。比如有的论者将"人性"的核心要义归结为人的精神性、灵魂性,认为《古船》中"人与人的对立并不直接诉诸价值观和社会观的冲突,而是转化为人性的深度,转化为灵魂内部的鼎沸熬煎"[②]。这样,"人性"的对立面就不仅仅是"阶级性",更是"物化的人""被动的人"。《古船》所表现的"这种人性的深邃度,未必全是牺牲和泯绝了阶级对抗的严

---

① 陈思和:《土改中的小说与小说中的土改——六十年文学话土改》,《南京大学学报》(哲学·人文科学·社会科学版)2010年第4期。

② 雷达:《民族心史的一块厚重碑石——论〈古船〉》,《当代》1987年第5期。

峻真实换来的"[①]。"抱朴确有与民族共忏悔的精神，他的诅咒'苦难'并不简单是从反对阶级斗争这个角度出发，而是企图站到人的争取自由境界、人的自我完善的更高、更浩渺的生命意识的高度上。"[②]有的论者将"人性"与"兽性"对立看待，认为《古船》是对人性的深刻反省，"抱朴不但反思了还乡团的罪孽，也反思了赵多多为代表的农民的罪孽，其意甚明，他反思的是人类本身的罪孽……""兽性不在别处，就蛰伏于自己的身上，唯有除去己身上的兽性因子，方有资格谈入世，谈为民，谈治国平天下。这是抱朴与见素之争，这也是人性力量与兽性邪恶势力的最后一场搏斗——灵魂的搏斗。"[③]"张炜的人道主义不过是反对把兽性当作人性，把个人嫉恨、个人复仇的狭隘性和流氓无产者的破坏性当作农民的革命性，把滥惩无辜、罚不当罪、凌辱人格、只图一时痛快不思久远遗患当作革命的正常秩序而已。反对盲目性与反对用暴力推翻应该推翻的剥削阶级以推进历史进程并不是一回事。"[④]有的论者将"人性"与"道德"对立，将"人性"视为文学本体的重要组成部分，认为张炜"终于从道德的文学里面走了出来，走进了人的文学的殿堂。人的文学里面，虽然也有道德的因素，但却不再围绕着道德兜圈子了。它的出发点与

---

① 雷达:《民族心史的一块厚重碑石——论〈古船〉》,《当代》1987 年第 5 期。

② 雷达:《民族心史的一块厚重碑石——论〈古船〉》,《当代》1987 年第 5 期。

③ 陈思和:《关于长篇小说结构模式的通信》,《当代作家评论》1988 年第 3 期。

④ 冯立三:《沉重的回顾与欣悦的展望——再论〈古船〉》,《当代》1988 年第 1 期。

归宿，也不再是道德，而是有着七情六欲的人！从道德的文学到人的文学，这是文学对伦理的一种超越，是文学向自身的回归”[①]。有的论者将“人性”与“道德”相联系，认为“不能不看到，许多曾经在道德范畴以内的东西，在历史的长期运动中，已经凝聚为合理的人性内容。因此，在张炜作品中经常出现的善恶观念，已经远远超出了单纯的道德领域，进入了人性领域”[②]。有的论者将“人性”理解为超脱具体的社会身份的人类性。比如，陈宝云认为：

在《古船》里，作者既不是以农村的眼光来看待城市，也不是以城市的眼光来看待农村。而是超离于农村与城市之上，超离于职业与地位之上。用人类的眼光，看待农村与城市，用人类的感情，去描写人的苦难，探索造成苦难的原因，寻求摆脱苦难的途径。[③]

有的论者将“人性”理解为人的具体性，认为《古船》“把抽象的阶级的人‘还原’为历史的具体的人，把人本身当作一种生命现象来探索，真正进入了‘人学’的境界……”[④]

总体看来，20 世纪 80 年代《古船》的研究者在使用“人性”“人道主义”的时候，都会设置一个对立面——“阶级性”“阶级斗争”，但是，在对“人性”“人道主义”的理解上，却难以

① 陈宝云：《张炜对自己的超越——评〈古船〉》，《当代作家评论》1987 年第 2 期。

② 李星：《执着于现实的非现实主义之作——评张炜的〈古船〉》，《文艺争鸣》1987 年第 5 期。

③ 陈宝云：《张炜对自己的超越——评〈古船〉》，《当代作家评论》1987 年第 2 期。

④ 宋遂良：《真实的人生，完整的人性——〈古船〉人物漫议》，《当代作家评论》1987 年第 2 期。

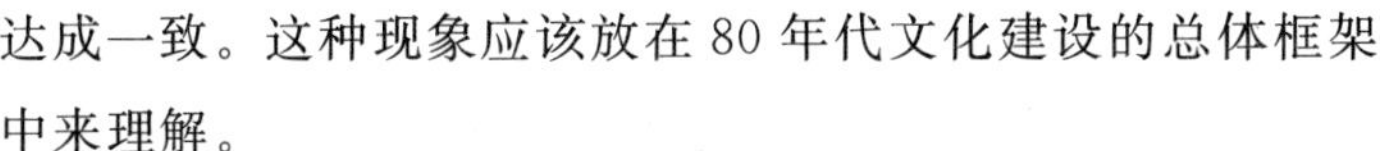

达成一致。这种现象应该放在80年代文化建设的总体框架中来理解。

建立以“人道主义”为主导的文化以取代以“阶级斗争”为主导的文化，是20世纪80年代文化建设的总体特征。但是在80年代，“人性”“人道主义”这些被它们的倡导者认为具有天然合法性的概念，并不是以理论而是以价值观的形式出现。换句话说，这些概念并不是逻辑和理性推演的结果，而是倡导者凭借对历史与现实的感性认识，从历史与现实的现象出发，而作出的带有强烈激情因素的“指认”。当然，这其中很大程度上是因为当时的政治和社会环境并没有为理论论争提供一个可以“角力”的舞台，对其的论争更像是政治立场上的表态和站队，而不是不同理论的交锋。80年代“人道主义”文化建设所遗留的巨大隐患，在90年代以后逐渐显露出来。

四、人道主义的分裂与20世纪90年代之后《古船》的接受状况

“人道主义”是一个需要界定的概念，它本身就包含着不同的面向。从理论上讲，它至少包括以宏大叙事为特征的启蒙人道主义与以个体为旨归的个人人道主义。由于在20世纪80年代没有经过充分的讨论，加上90年代之后市场经济所带来的经济个人主义，在80年代处于含混状态的人道主义进入90年代以后迅速分裂成两种人道主义，它们都以其片面的深刻性成为90年代之后文化建设的重要组成部分。但是由于共同的“弱点”——缺乏政治经济学维度，它们成为

90年代之后中国文化建设中的另一支重要力量——“新左派”的反思对象。被视为“新左派”浮现的重要标志的《当代中国的思想状况与现代性问题》一文指出:“中国人道主义的马克思主义如果要重新焕发出它的批判活力,就必须从它的人本主义取向中走出来,把它对人的关注重新置于一种具有时代特点的政治经济学的基础之上。”“它本身就是作为现代化的意识形态的马克思主义,因此几乎不可能对现代化和资本主义市场本身所产生的社会危机作出相应的分析和批判。”①

为当代文化建设重新注入“政治经济学”维度,是“新左派”最重要的贡献。但是,中国当代文化建设的问题远未从根本上得到解决。中国当代文化建设的复杂性在于:一方面,它有着割不断的历史传统——人道主义、经典马克思主义和传统民间文化,无论主观上还是客观上,中国当代文化都必须在充分尊重它们的基础上进行建构;另一方面,它所面临的现实问题——全球化、市场经济、贫富分化等,又决定了中国当代文化必定是一种“现时代”的文化,一种具有自我更新能力的发展的文化。

对《古船》历史叙事的评论所作的历史分析,只有在当代文化建设的总体框架内才能够得到有效的解读。进入20世纪90年代以后,强调人的世俗性、凡俗性、此岸性的观点在文化建设中的呼声越来越高,这使得一部分学者认为,20世纪80年代形成的那种强调人的精神性、超越性、彼岸性的人

① 汪晖:《当代中国的思想状况与现代性问题》,《文艺争鸣》1998年第6期。

文精神有衰落之势。对《古船》的评价更多像是对20世纪80年代的怀念。比如,有的论者将《古船》与《九月寓言》的区别界定为悲悯与慨叹的差别:

从《古船》到《九月寓言》的变化,某种意义上,是从超越到世俗的变化,从神圣到凡俗的变化。

悲悯与慨叹,很不一样。悲悯,意味着忧虑、焦灼、恐惧;意味着震惊、质问、抗议;意味着呼唤、期待、祈求。悲悯,是对对象的不满,是一种拒绝与对象认同的姿态。悲悯中,总会程度不同地包含有愤怨,还包含有对面前状况的不解。悲悯,必然意味着距离。……《古船》是一部写人间苦难的书,是一部祷告人间不再有苦难的书。悲悯的眼光,必然是批判性的,是一种针砭。正因为有一种悲悯的眼光烛照,《古船》中的苦难才那样怵目惊心。说穿了,《古船》是对人的现存状况抗议,是对人性的现存状况的否定。《古船》认为既有的人的生存状况应该被改变。……《古船》是悲悯,因而也是不满,是抗议,是否定,是批判,是拒绝认同。而《九月寓言》是慨叹,因而也不再不满,不再抗议,不再否定和批判。《九月寓言》对所叙述的现实,采取了妥协和认同的姿态。①

暂且不论这一说法对张炜文学创作思想的变化概括得是否准确,但是它确实代表了20世纪90年代文化建设中的一派重要观点。如前文所述,人道主义在20世纪90年代明显地分裂为宏大叙事的人道主义和个人主义的人道主义,但是它

① 王彬彬:《悲悯与慨叹——重读〈古船〉与初读〈九月寓言〉》,《当代作家评论》1993年第1期。

的另一个倾向也值得关注，那就是人道主义与民间的融合。比如，有的论者在拿《九月寓言》与《古船》作对比时，不仅肯定了《古船》的人道主义批判精神，同时也肯定了《九月寓言》中所表现的民间与大地情怀。其认为：

《古船》最大的特点，是尽可能强烈地展览人性的黑暗，揭露人生的苦痛、历史的无常直至道德的绝境。当然，在这同时，作家也表达了谋求救渡的意念。在这方面，张炜确实获得了很大的成功。《古船》不仅浓缩了80年代中国文学的批判力量，代表了80年代反思的深度，也为90年代的小说设立了一个并不容易超越的水准。[①]

同时，其认为《古船》并没有逃脱20世纪80年代文化人集体信奉的意识形态神话，“从《古船》的沉重到《九月寓言》的解放，实质上是从意缔牢结的僵局走向本源之地的放达。《九月寓言》所表现的正是这种走出意识形态‘牢结’而返回民间融入大地的文学精神”[②]。其实，《古船》的历史叙事并不缺乏民间因素，只不过《九月寓言》相比《古船》束缚和禁锢更少，作者的才情与个性表现得更加淋漓尽致，同时个人的东西明显增加了，所以20世纪90年代的论者在将二者进行对比研究的时候，往往更加强调《古船》人道主义的批判性和理想性。

---

① 郜元宝：《“意识形态”与“大地”的二元转化——略说张炜的〈古船〉和〈九月寓言〉》，《社会科学》1994年第7期。

② 郜元宝：《“意识形态”与“大地”的二元转化——略说张炜的〈古船〉和〈九月寓言〉》，《社会科学》1994年第7期。

第二节 人道主义、民间文化与新世纪《古船》接受史

在《古船》的接受史上,“人道主义”是一个贯穿性的关键词。无论在20世纪八九十年代,还是在2000年之后,都有相当一部分论者在人道主义的框架之内解读《古船》的历史叙事。但是,如上节所言,人道主义并不是一个具有天然合法性的概念,它不仅需要界定,而且随着时代文化精神的变迁,不断改变自身的内涵和外延。20世纪80年代的论者多强调它对“阶级论”的对抗性与颠覆性。在当时的时代与文化大背景之下,《古船》中的人道主义一般被解读为对以“阶级斗争”为核心的文学叙事的反叛。20世纪90年代之后,人道主义分裂为以宏大叙事为特征的启蒙人道主义与以个人为旨归的个人人道主义。伴随着学界对“人文精神衰落”的严肃思考与反思,部分秉承“五四”启蒙精神的人文学者更多强调《古船》中所蕴含的人道主义批判精神与人文精神的超越性。2000年之后,《古船》的接受史呈现出如下特点:其一,人道主义依然是论者们所倚重的重要文化资源,但是与20世纪八九十年代相比,2000年之后论者们更倾向于避免采取阶级性/人性、宏大/个人、精神性/世俗性等二元对立的思维模式,开掘《古船》中所蕴含的人道主义精神的“普遍意义”;其二,“民间”成为《古船》接受史中另一个重要的关键词。

一、人道主义价值的继续开掘与人道主义文化建设的困境

不能说2000年之后的论者对人道主义的理解比20世纪八九十年代的论者更加全面与科学，但是2000年之后，在《古船》接受史中所出现的“人性”“人道主义”等概念的内涵与外延相对于20世纪八九十年代存在着明显的差异，却也是一个事实。

首先，有的论者将关注的重心放在《古船》中所表现的“人格理想”与“人学蕴含”上。比如，有的论者认为：

> 《古船》的主导价值显示为对人的本质、人性、人格理想以及人类自我救赎使命问题的密切关注。它提供给我们的是在“人原本是什么”的基础上的“人应该成为什么”的证词。《古船》中，探寻人格理想境界的任务主要是由隋抱朴来完成的。而道德人格、智慧人格和独立人格三者的结合，构成了《古船》中人格的理想境界。[①]
>
> 《古船》的人学蕴含在其思想意义的诸多方面占据着核心地位。其中的人物形象不但是作品形式构成的主角，更重要的，还是作品意义构成的主角，是作者极力思考的核心内容。作品文以载人的功能是不容置疑的。这主要体现在作品的情节、结构和人物自身上。《古船》

---

① 刘彦明:《论〈古船〉中的人格理想》,《东疆学刊》2005年第2期。

的人学蕴含是其区别于同期作品的一个鲜明特征。①

其次，有的论者重点探讨《古船》中所表现的人性善恶问题。关于《古船》中所表现的人性善与恶的问题，在20世纪80年代就有所触及。20世纪80年代的论者多将《古船》对人性善与恶的书写与对社会发展动力的解释相联系，或认为《古船》将历史的前进与发展解读为人性善与恶的斗争，是对社会历史发展动因的歪曲；或认为《古船》将人性的善恶置于阶级性之上，是人的普遍性的表现。总之，在20世纪80年代，《古船》所表现的人性善与恶的意义产生于其与对立面的对比之中。与20世纪80年代的论者不同，2000年之后的论者不再为《古船》所表现的人性善恶问题设置一个对立面，其价值无须对比自可彰显。比如，有的论者称：

> 稳定性与普遍性是人性的最大属性，它的形成和变化，既有社会因素，又有生物因素；两者共同发生作用又能相互影响，使得人性成了一种相对复杂的存在。由此，人性恶则是具有负面效应乃至破坏力的较为普遍的心智结构和情感要素；相反，人性善乃是具有正面效应进而有建设性的心智结构和情感要素。……在这个意义上，对于人性恶的揭示和人性善的追索，更彰显了张炜及其小说创作的价值。②

这种价值在于“可窥见作者直面人性与人生的艰难探寻，牵涉到人的生存的价值尊严和灵魂的拯救”；“可广泛触及作者

① 刘彦明：《文以载人功能在〈古船〉中的体现》，《东疆学刊》2004年第4期。

② 戴瑞、霍有明：《论张炜小说〈古船〉中的人性善》，《齐鲁学刊》2014年第3期。

对现实与历史的双重反思，关联到近代以来中国的社会变迁和思想文化的现代转型”。[①] 有的论者有感于20世纪90年代之后人文精神的衰落，特别是文学创作领域出现的“审丑”风尚对当代文化建设所产生的负面影响，认为张炜创作于20世纪80年代的《古船》对于建设“消恶扬善”的人文主义文化具有重要的意义。其认为：“《古船》真正传达的正是这样一种愿景：在人性恶的逼压与考验下，人性善终将突围并闪耀着持久的光辉。”“张炜试图穿越表层制度与物质，深切体察整个人类文明的发展进程。因为他的思索以真切的生命体验为深厚根基，所以其指涉的人性至善虽然单纯，但仍是深刻而丰满的，有着深切的生命意蕴，也有着人类性的高度。”[②]

再次，有的论者重点关注《古船》的“忏悔与救赎主题”。对《古船》中“忏悔与救赎主题”的关注始自20世纪80年代。比如，有的论者称：“笼罩于《古船》字里行间的都是一种具有宗教气氛的罪感与赎罪感。”[③]并认为在缺乏罪感文化和忏悔意识的中国古代以及现当代文学、文化历史上，《古船》具有一种开创性意义。有的论者认为：“因深刻的‘原罪’感而引起的忏悔和赎罪意识同因疯狂的家族世仇观念而导致的人的良知的迷狂和丧失，这就是《古船》人物生命发展的主要契机和命运结局的深层根源。”[④]20世纪80年代的论者多将

① 戴瑞、霍有明：《论张炜小说〈古船〉中的人性善》，《齐鲁学刊》2014年第3期。

② 翟二猛：《论张炜小说中的人性善书写——以〈古船〉〈九月寓言〉和〈你在高原〉为例》，《文艺评论》2016年第4期。

③ 刘再复：《〈古船〉之谜和我的思考》，《当代》1989年第2期。

④ 吴俊：《原罪的忏悔，人性的迷狂——〈古船〉人物论》，《当代作家评论》1987年第2期。

《古船》的“忏悔与救赎主题”理解为一种对待历史的态度。与之不同,新世纪的论者或将《古船》的“忏悔与救赎主题”视为个人获得“新生”的途径,或将其视为民族进步与成熟的标志。比如,有的论者认为《古船》是中国新文学第一部“完全忏悔”之作。“所谓‘完全忏悔’,是指忏悔者走完了忏悔全程:由知罪、归罪到负罪、赎罪再到人性新生、灵魂复活。身负家族原罪和阶级原罪的民间贵族之子抱朴主动忏悔赎罪,并将‘人之罪’转化为‘我之罪’,最终告别了‘旧我’而跃入‘新我’之境。”[①]有的论者认为:

> 《古船》中,张炜怀着强烈的社会责任感,把他对历史的思考和质疑,通过主人公的自我拷问和深沉忏悔传达了出来。这种忏悔意识源于人自身的思想深处,它是人的一种精神自觉意识,某种意义上,甚至可以视作衡量一个民族知识分子心理成熟与否的标志。[②]

有的论者认为,隋抱朴“作为一个独特的经受过多重苦难的思考者和追问者,以赎罪者与救赎者的形象来宽容苦难、救赎自我,使自我具有了内在的形而上特质。这个形象对‘罪’与‘病’、感情压抑与灵魂突围的展示,依然闪烁着某种深厚的人文精神与人道主义色彩,拷问着今天的我们”[③]。

从以上《古船》在2000年之后的接受情况看,论者们更

① 王达敏:《中国新文学第一部“完全忏悔”之作——再论〈古船〉》,《杭州师范大学学报》(社会科学版)2017年第2期。

② 夏楚群:《临界境遇下的忏悔与救赎——重读〈古船〉》,《海南师范大学学报》(社会科学版)2015年第11期。

③ 庄爱华:《“罪”与“病”:〈古船〉中隋抱朴形象再阐释》,《东岳论丛》2016年第4期。

加关注其对“人”的表现，无论是人格理想还是人性善恶，抑或是忏悔与救赎，都被视为人的本身规定性的展现。从20世纪80年代到新世纪，人道主义都是《古船》接受史上的重要角度。从文学历史叙事批评与当代文化建设之间关系的角度出发，人道主义内涵的变化反映了当代文化内部的调整。同时，更应该引起我们注意的是，如何将带有深厚西方理论背景的人道主义思想转化为中国当代文化建设的文化资源的问题，没有得到根本的解决。20世纪80年代，部分学者主张在青年马克思主义的框架内对人道主义进行解读的做法，虽然顺应了80年代文化转型的潮流，在学界受到大部分论者的肯定，但是随着90年代市场经济的到来，80年代所谋求建立的人道主义文化本身所隐含的脆弱的理想主义成分被无情地暴露出来。90年代以后，由于部分秉持启蒙理想的学者未能从根本上跳出80年代“新启蒙文化”的框架，他们以人道主义为武器对人文精神衰落的批判显得有些无力。其中的重要原因在于：一方面，他们难以提供人道主义中国化、本土化的有效的现实依据；另一方面，他们大多不同程度地忽视了经典马克思文化与中国传统民间文化在当代文化建设中的重要性。这个问题在2000之后也没有得到很好的解决。从21世纪以来《古船》的接受史看，论者们对人道主义的认识依然停留在对其普世价值的赞扬层面，未能对其在中国的本土化进行有效的辨析。

二、民间与家族成为研究热点

《古船》从家族史和地方志角度出发书写中国革命史的做法，对当代文学历史叙事产生了深远而广泛的影响；《古船》对民间历史传说的加工与复述，对民间风俗习惯和日常生活的细致入微的描写与展示，对小说人物行动所遵循的民间道德、信仰的揭示，使其成功地再现了一个多侧面的民间世界。内含于《古船》的这两方面的意义与价值，在 20 世纪八九十年代都不是论者们讨论的重点。即使有所涉及，也未能充分开掘。20 世纪八九十年代的论者或认为《古船》在对民间的描写方面，结构过于“拥挤”而气韵不足，或将家族观念视为“一个社会的死结”，认为《古船》对家族观念的描写与展现是对它的一种社会批判。比如，有的论者说：

> 读《古船》能读出气象非凡，可惜素材太挤，阻挡了气行运转，也可惜不够绚烂，影响了文气表现。……如果《古船》在表现日常生活场景方面能精雕细琢，或许在艺术境界上会获得一个新的质的飞跃，成为大器，也未可所料。①

有的论者认为：

> 从《古船》中我们可以清楚地看到，家族意识不仅是一种观念的存在，同时也是一种现实的存在；它不仅不

---

① 陈思和：《关于长篇小说结构模式的通信》，《当代作家评论》1988 年第 3 期。

同程度地统治着人们的言行，同时也不同程度地影响和阻碍着社会历史的本来进程。[①]

进入 21 世纪以后，论者们对《古船》中所展现的民间与家族的价值的理解与判定都发生了较大的变化。比如有的论者认为，越过《古船》的表层叙事，深入考察小说中大量关于历史传说、风俗习惯、日常生活、人物文化心理积淀的描写，则可发现小说中“处处蕴含着中国传统道家和道教所奉阴阳相生相克和相互转化之理，尤其生动地呈现了民间道教末流的生存之道及其与地方政权沆瀣一气的中国社会特殊文化现象”[②]。“作者部分借用了先秦道家（包括被后世道教奉为经典的《周易》）的阴阳演化思想来结构全书，对此并无明显褒贬，却清醒地将民间道家文化末流锁定为贯穿全书的现实批判与历史反思的对象之一，无情地揭露民间道教文化末流如何与时俱进，巧妙地借助世俗政治权力，以权谋、暴力、血腥、色情和各种怪怪奇奇的神秘方技来追求‘全性延命’与现世威福，制造各种愚昧、停滞、混乱、残暴和丑恶。对现实和历史的批判反省抵达数千年绵延不绝的道教文化根柢，这是《古船》最值得称道的成就之一。”[③]这种观点充分揭示了《古船》对中国传统道家思想的借鉴以及对民间道教末流进行批判的价值，揭示了《古船》与传统民间文化的复杂关系。有的

① 罗强烈:《思想的雕像:论〈古船〉的主题结构》,《文学评论》1988 年第 1 期。

② 郜元宝:《为鲁迅的话下一注脚——〈古船〉重读》,《当代作家评论》2015 年第 2 期。

③ 郜元宝:《为鲁迅的话下一注脚——〈古船〉重读》,《当代作家评论》2015 年第 2 期。

论者认为《古船》深刻地表现出对中国传统文化中宗法家族观念的批判。比如，曹书文指出：

> 在洼狸镇几十年的历史演变中，镇上大大小小的事情，都和传统的宗法家族观念有着千丝万缕的关系。从三个大家族的兴衰命运遭际中，我们可以感受到乡村中国历史变迁的真相，认识到宗法家族观念在农村社会的盘根错节。①

他还指出《古船》在中国现当代家族小说历史上的独特价值：

> 在中国当代小说发展史上，《古船》既继承了现代家族小说批判家族制度与伦理的启蒙传统，又走向了对十七年时期革命历史叙事传统的超越。它由对贵族家庭日常生活的叙述转向对革命集体主义家庭的关注，由对家长专制弊害的揭示走向对封建式族长专制造成的乡村历史悲剧的批判，审美情感由激进的抨击、感伤式的眷恋走向博大的人性悲悯，以其独到的思想深度与艺术独创成为当代家族叙事的经典之作。②

以上两种观点分别从民间道教文化与家族书写两个方面阐释了《古船》历史叙事的价值所在，它们在21世纪以来《古船》的接受史上具有一定的代表性。

民间是一个“庞然大物”，任何对其进行定义的企图最终都会变成徒劳。学术研究者在对其进行讨论的时候，往往将

---

① 曹书文：《〈古船〉：当代家族叙事的经典文本》，《河南师范大学学报》（哲学社会科学版）2007年第5期。

② 曹书文：《〈古船〉：当代家族叙事的经典文本》，《河南师范大学学报》（哲学社会科学版）2007年第5期。

其与“庙堂”“知识分子”并立，从差异、对抗、矛盾的角度来理解。其实，每个清醒的研究者都明白这样区分的相对性。三者中的每一个方面，都是开放而不是封闭的，它们之间的交流、转化、融通每时每刻都在进行。虽然对自在状态的民间进行定义困难重重，但是作为学术研究的对象，民间还是有着相对独立和稳定的意义的，这也是学术研究开展的基本前提。从当代文学历史叙事和当代文化建设的角度谈论民间，它至少应该包括如下含义：第一，相对于革命历史叙事和启蒙历史叙事，它既没有明确清晰的目的，也没有清晰的逻辑；既是自在的，又是散乱的；是教育和启蒙的对象。第二，它庞杂的内容决定了难以对它作出相对统一的价值判断，它既是藏污纳垢的，又是质朴无华的；既是具有顽强生命力的，又是“日薄西山”的；既包含落后的封建道德，也包含反封建的道德。第三，它是一个多层面的历史存在，既包括民风、民俗、民间艺术等泛文化层面，也包括儒释道哲学及伦理学思想中被“生活化”了的信仰与道德层面；既携带着中华民族在千百年历史长河中形成的集体无意识，也深深地打下了百年来中国现代化进程的烙印。从这个角度讲，不论是将之视为抵御现代社会中出现的种种危机的良药妙方的文化保守主义观点，还是将之视为落后与腐朽根源的文化激进主义观点，都是不客观的。

文学批评是文化建设的重要组成部分，它受时代文化的影响，同时也参与时代文化的构筑与建设。从《古船》批评史的纵向角度看，《古船》在每个历史时期都有不同的研究侧重点，比如20世纪80年代强调它所蕴含的人道主义思想对阶级斗争的否定和超越，90 年代强调两种人道主义的区别，2000 年以后研究重点转向民间因素的开掘。《古船》的批评史一定程度上反映了不同时期文化建设的不同风貌，但是更重要的是，经典马克思主义、人道主义和民间是每个时期文化建设都要面对的共时性存在，它们共同构成了当代文化建设的基础，只有充分开掘每一种文化资源中的合理因素，摒弃不合理因素，才能建设健康的当代文化。

第三章 社会文化心理变迁视角下的《红高粱家族》接受史

长篇小说《红高粱家族》由五个相对独立的中篇小说组成。它们是:《红高粱》《高粱酒》《狗道》《高粱殡》与《奇死》。这五个中篇小说发表于 1986 年。作为一个整体长篇的《红高粱家族》,最早由解放军文艺出版社出版(1987 年)。此外,在中国大陆出版的《红高粱家族》的版本还包括:解放军文艺出版社 1988 年版、2008 年版,南海出版公司 1999 年版,当代世界出版社 2004 年版,中国青年出版社 2004 年版、2008 年版,人民文学出版社 2007 年版、2009 年版、2012 年版,上海文艺出版社 1999 年版、2005 年版、2008 年版、2012 年版、2014 年版,山东文艺出版社 2000 年版、2002 年版,花山文艺出版社 2001 年版,云南人民出版社 2012 年版,作家出版社 2012 年版、2013 年版,百花文艺出版社 2012 年版,新疆人民出版社 2013 年版,浙江文艺出版社 2017 年版,等等。

从接受美学的角度讲,一部文学作品公开发表以后,它

的阐释权就已经归属读者了。特别是专业读者——文学批评家对作品的阐释，对作品意义的形成有着至关重要的作用。读者/批评家对作品的解读受当时的社会文化心理的影响，并且对当时的社会文化心理的建构起着重要作用。本章以《红高粱家族》的接受史为标本，研究新时期以来社会文化心理变迁与它的互鉴关系，以期加深对新时期以来社会文化心理的认识。统观《红高粱家族》的批评史，有一些关键词是贯穿始终的，比如“酒神精神”“历史叙事”“民间”等，但是随着社会文化心理的变迁，它们所负载的精神内容存在差别，同时，这些关键词内涵的变化反映了社会文化心理的变迁。

第一节　“酒神精神”：从现代性启蒙到后现代解构

一、“酒神精神”与20世纪80年代历史理性框架内的《红高粱家族》批评

从20世纪80年代到新世纪，认为《红高粱家族》表现出强烈的“酒神精神”的声音一直没有间断。但是，他们对“酒神精神”的内涵基本持“各取所需”的态度。

“酒神精神”被视为尼采哲学思想的核心，它贯穿于尼采的整个哲学生涯。尼采在其早期著作《悲剧的诞生》中即提出“酒神”概念，用以解读古希腊悲剧的产生、发展以及西方文化的变迁。《悲剧的诞生》认为在前苏格拉底时代，以“酒神”和“日神”为代表的两种艺术力量处于矛盾制约状态，并

达到一种平衡与和谐，但是，苏格拉底所倡导的知识、科学与理性摧毁了“酒神”，也终结了希腊悲剧，至此，西方文化走上了“退化”的道路。《悲剧的诞生》更多使用的是“酒神”，而不是“酒神精神”。后来，尼采在《偶像的黄昏·我感谢古人什么》中讲道：“肯定生命，哪怕是在它最异样最艰难的问题上；生命意志在其最高类型的牺牲中，为自身的不可穷竭而欢欣鼓舞——我称这为酒神精神。”①

讨论尼采的“酒神精神”是一项艰难的哲学工作，它牵涉到对尼采哲学的整体认识和评价。虽然尼采研究无论在西方还是中国都一度成为显学，积累了大量的优秀成果，但是，对尼采进行传统意义上的“整体概括”还是困难重重。虽然海德格尔将尼采定性为最后一位形而上学家，标志着形而上学的终结，但是德里达认为尼采有很多面具，要寻找自身同一的“真正的尼采”，不仅困难，也是不可能的。尼采思想的巨大容量，给不同时代、不同国度的人们留下了巨大的阐释空间。“酒神精神”在尼采整体思想中的特殊位置，以及尼采思想的复杂性，造成了不同论者对“酒神精神”的不同理解。比如，有的论者认为“酒神精神”代表了一种积极肯定的人生态度。② 有的论者从生命本体论角度出发，认为“酒神精神”是人类整体生命的象征。③ 有的论者认为“酒神精神”是一种审美精神，是超越现实痛苦的艺术救赎，并且认为“酒神精

---

① [德]尼采：《尼采读本》，周国平译，作家出版社2012年版，第230页。

② 参见王晋生：《论尼采的酒神精神》，《山东大学学报》(社会科学版)2000年第3期。

③ 参见周国平：《略论尼采哲学》，《哲学研究》1986年第6期。

神”是艺术创造的原动力，也是艺术家人格气质、创作个性与激情和艺术风格的代名词。[①] 有的论者从两种现代性矛盾对立的角度出发，认为“酒神精神所蕴涵的本源性的冲动，是疗救现代文明压抑和统治的一条重要路径”[②]。还有一种观点认为：“尼采所谓的‘酒神’只是‘人的生命’的最高象征，换言之，尼采的酒神是‘生命化’的也是‘人性化’的，因此，说悲剧起源于酒神精神等于说悲剧的本源在生命与人性之中。”[③]

从尼采对“酒神精神”的规定——肯定生命的角度出发，推演尼采思想与现代性的关系，可以得出以下结论：

> 在尼采那里，艺术不是与理性活动对立的感性活动，而是生命活动；审美现代性不是什么与理性现代性对立的感性现代性，而是与超生命的古代玄想对立的生命现代性；审美主义不是与理性主义对立的感性主义，而是生命主义；美学也不是与理性学（逻辑学和伦理学）对立的感性学，而是生命学。[④]

20 世纪 80 年代的论者常常会选取“酒神精神”中的强力意志、反抗压迫、打破传统等含义。尼采与 20 世纪 80 年代的中国的关系颇具意味。尼采对西方传统哲学“逻各斯中心”的拆解，使得他的理论具有浓重的后现代色彩，他被认为

---

① 参见吴金涛：《酒神精神与人的艺术的救赎》，《名作欣赏》2007 年第 4 期。

② 周宪：《现代性的张力：从二元范畴看》，《社会科学战线》2003 年第 5 期。

③ 余虹：《艺术：无神世界的生命存在——尼采的艺术形而上学与现代性问题》，《中国社会科学》2005 年第 4 期。

④ 余虹：《艺术：无神世界的生命存在——尼采的艺术形而上学与现代性问题》，《中国社会科学》2005 年第 4 期。

是存在主义和解构主义的先驱，而20世纪80年代的中国高扬启蒙与理性。20世纪80年代的“尼采热”是20世纪80年代“存在主义”热潮的重要组成部分，当时的学者和普通民众在反传统、“重估一切价值”这一点上与尼采产生了共鸣。以上观点成立的基础是将20世纪80年代作为一个整体，概括出20世纪80年代的“共识”，但是，这样的认识不可避免地遮蔽了整体“共识”之下被掩盖的差异和分歧。要想更加深刻地理解20世纪80年代的社会文化心理，必须具体分析其中的“同中之异”与“异中之同”。

考察“酒神精神”在20世纪80年代《红高粱家族》批评史中的使用状况，可以发现不同论者的观点差异十分明显。比如，有的论者用尼采反抗基督教伦理比附《红高粱家族》反抗以儒道互补为核心的中国传统文化，高度肯定《红高粱家族》的反传统伦理道德的意义。[①] 有的论者将“酒神精神”与中国传统文化中的“侠肝义胆”、反抗强权暴政的民族精神相联系，将莫言在小说中“不惜一切努力”寻找“纯种的红高粱”，寻找精神上的“护身符”和“图腾”的旨归，称为“中华民族的酒神精神”。由此出发，其认为尼采的话是对《红高粱家族》最好的诠释。即：

> 我至今不知道另外还有什么方法，能像伟大的战争那样有力地、可靠地给正在衰弱下去的民族灌输那么粗犷的攻城略地的精力，那么深沉的、无情无义的憎恨，那

---

① 参见陈炎：《生命意志的弘扬，酒神精神的赞美——以尼采的悲剧观释莫言的〈红高粱家族〉》，《南京社联学刊》1989年第1期。

种杀人不眨眼的冷静，那种周密组织大举消灭敌人的狂热，那种对待巨大损失、对待自己的生死、亲人的存亡毫不动心的骄傲气概，那种震耳欲聋的灵魂激荡。[①]

还有的论者认为，莫言作品中所表现出来的“东方智慧”是对“酒神精神”的超越：

尼采倾向以强力意志对人世苦难的承受，结果他疯掉了；叔本华主张对欲望的克服，结果灵魂被绑负在自己理论的十字架上，接受后人的审判。而莫言则兼有着肯定与怀疑这两种精神，他既蔑视着陈规旧法，强烈地抗争着非人的现实束缚，又极重视自然人性真实合理的伦理实现，赞美那些隐忍的英雄。所以，我们说他作品中那些充满了现代人情绪骚动与本体经验的浪漫主义情调，就其精神肯定来说，仍然是民族的。[②]

将以上三种观点并置，可以清晰地看出20世纪80年代《红高粱家族》的评论者在解读“酒神精神”与莫言小说创作关系的时候，所表现出来的不同态度。我们可以将之视为窥探20世纪80年代社会文化心理的一个窗口。从总体上讲，高扬个体价值、提倡启蒙理性、反传统是20世纪80年代社会文化的核心理念，但是，在这样的整体文化观念之下，人们对具体问题的理解却是存在明显差异的。这也是一个时代

① 雷达：《历史的灵魂与灵魂的历史——论〈红高粱〉系列小说的艺术独创性》，《昆仑》1987年第1期。见雷达：《重建文学的审美精神：雷达文艺评论精品》上卷，北京师范大学出版社2010年版，第224页。

② 季红真：《忧郁的土地，不屈的精魂——莫言散论之一》，《文学评论》1987年第6期。

社会文化心理复杂性的表现。20 世纪 80 年代整体的文化取向是反传统的，但是，具体到对“传统”内涵的理解就出现了差别。比如第一种观点中，“儒道互补”的传统文化以及传统伦理道德成为《红高粱家族》中所表现出来的“酒神精神”的对立面和反抗的对象，而第二种观点却认为《红高粱家族》中所表现出来的“酒神精神”的精神实质应该是一种民族精神和民族气概，第三种观点则认为《红高粱家族》已经超越了尼采的“酒神精神”，赞美的是“隐忍的英雄”。以上本书所引的三种观点并非出自 20 世纪 80 年代尼采研究的专著，并不能代表 20 世纪 80 年代学界对“酒神精神”的看法。如前文所言，本书研究的目的在于探究文学批评与社会文化心理之间的互鉴关系。一个时期的社会文化心理是这个时期政治、经济与文化状况的整体反映，它一旦形成便具有一定的稳定性，深刻地影响着主体对社会文化现象的价值判断、情感态度和审美体验。文学作为文化的重要组成部分，参与社会文化心理的建构，并受其影响。文学批评作为文学作品意义生成与影响传播的主要力量，既能反映社会文化心理，又影响着社会文化心理。20 世纪 80 年代《红高粱家族》的论者在论及小说中的“酒神精神”时所表现出来的差异性评价，体现了 80 年代社会文化在对待“传统”问题上的矛盾心态。

虽然 20 世纪 80 年代《红高粱家族》的论者在论及小说中的“酒神精神”与传统文化的关系时表现出了明显的差异，但是他们在肯定小说中所表现的生命意识、强力意志方面还是能够达成一致的。如有学者称：

> 爱，如火如荼；恨，咬牙切齿；生，自由自在；死，壮烈

辉煌……这就是《红高粱家族》的人生境界。——爷爷那叱咤风云的气魄，奶奶那如饥似渴的爱情，父亲那胆大妄为的野性……这使我们很容易联想起尼采那富于挑衅的话语："最美好的一切都属我们和我自己，如果不给我们，我们就去夺取，——夺取那最优质的食物、夺取那最纯净的天空，夺取那最强健的思想，夺取那最美丽的女人！"于是，在这个不断创造、不断毁灭的世界上，生命为了得到自由的扩展和增殖，便不惜孤注一掷，以死相拼了。因此无论是在尼采还是在莫言看来，生命的意义都不在于活得长久、活得安全，而在于活得伟大、活得潇洒、活得有气魄。[①]

有的论者称：

尼采说，自巴赫到贝多芬，自贝多芬到瓦格纳，这个力（酒神精神）在盘旋着，好似太阳永远在大宇宙中运行。我们也可以说，自武松到朱老忠，自余占鳌到黑孩，这个力也在我们民族精神的深层盘旋着，运行着。"圣洁就是与罪恶斗争的顶点"的思想，在系列小说中表现得再清楚不过……也许，一位哲人如下的话能帮助我们更深刻理解作品的基本精神："战士欢迎旗鼓相当的敌手，他之欢迎这种敌人，正是因为要打败他，杀掉他。勇气的存在，要靠战胜恐怖，在一个并无恐怖的世界里，根本就没有勇气可言；所谓强劲，就在于排除障碍；甚至唯

① 陈炎：《生命意志的弘扬，酒神精神的赞美——以尼采的悲剧观释莫言的〈红高粱家族〉》，《南京社联学刊》1989年第1期。见孔范今、施战军主编：《莫言研究资料》，山东文艺出版社2006年版，第213页。

> 有通过折磨，才能显得出爱情……这就是生活的铁律，这就是精神世界的命脉。”是的，这也是红高粱系列小说中张扬的“铁律”和流贯的“命脉”，小说中全部关于“与罪恶血战，与魔鬼对垒”的坚忍豪迈的描写，都在证实这一点。[①]

20世纪80年代的论者在使用“酒神精神”评价《红高粱家族》中所表现出来的反传统意识与生命意识的时候，基本未超出历史理性的范畴，这一点显示了80年代的文学批评与80年代以文化启蒙为主导的社会文化之间的互鉴关系。

二、从建构到解构：“酒神精神”内涵的变化

以“酒神精神”为线索考察20世纪90年代之后的《红高粱家族》批评史，可以发现“酒神精神”的含义发生了明显的变化。这些变化既是社会文化心理变化的表征，也是社会文化心理变化的结果。以“酒神精神”中的生命意志为例，20世纪80年代的论者更多取其强力、强健之意，它既是个体生命意义的张扬，更是国家、民族精神的表现，这样的理解与80年代文化重建的社会文化心理高度契合。20世纪90年代之后的评论文章更多从历史叙事、审美精神等方面解读《红高粱家族》中的“酒神精神”，将“酒神精神”所高扬的生命意志看作超越社会学历史观的对世界本源的认识。比如有的论

---

① 雷达:《历史的灵魂与灵魂的历史——论〈红高粱〉系列小说的艺术独创性》,《昆仑》1987年第1期。见雷达:《重建文学的审美精神:雷达文艺评论精品》上卷,第224～225页。

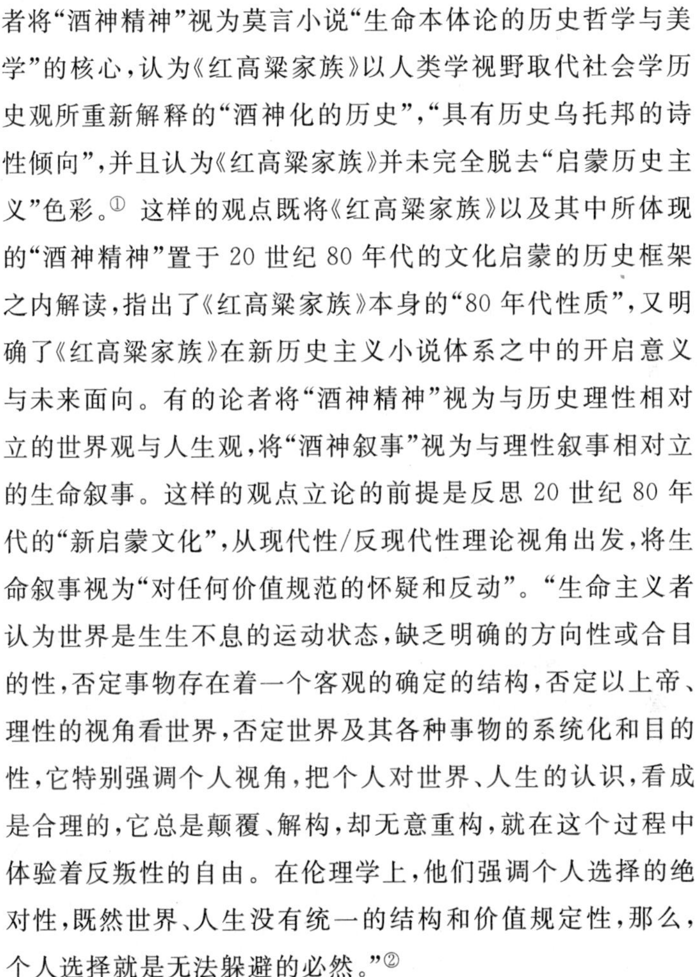

者将“酒神精神”视为莫言小说“生命本体论的历史哲学与美学”的核心，认为《红高粱家族》以人类学视野取代社会学历史观所重新解释的“酒神化的历史”，“具有历史乌托邦的诗性倾向”，并且认为《红高粱家族》并未完全脱去“启蒙历史主义”色彩。[①] 这样的观点既将《红高粱家族》以及其中所体现的“酒神精神”置于20世纪80年代的文化启蒙的历史框架之内解读，指出了《红高粱家族》本身的“80年代性质”，又明确了《红高粱家族》在新历史主义小说体系之中的开启意义与未来面向。有的论者将“酒神精神”视为与历史理性相对立的世界观与人生观，将“酒神叙事”视为与理性叙事相对立的生命叙事。这样的观点立论的前提是反思20世纪80年代的“新启蒙文化”，从现代性/反现代性理论视角出发，将生命叙事视为“对任何价值规范的怀疑和反动”。“生命主义者认为世界是生生不息的运动状态，缺乏明确的方向性或合目的性，否定事物存在着一个客观的确定的结构，否定以上帝、理性的视角看世界，否定世界及其各种事物的系统化和目的性，它特别强调个人视角，把个人对世界、人生的认识，看成是合理的，它总是颠覆、解构，却无意重构，就在这个过程中体验着反叛性的自由。在伦理学上，他们强调个人选择的绝对性，既然世界、人生没有统一的结构和价值规定性，那么，个人选择就是无法躲避的必然。”[②]

简单地概括“酒神精神”在《红高粱家族》批评史中的变

---

① 参见张清华：《莫言与新历史主义文学思潮——以〈红高粱家族〉、〈丰乳肥臀〉、〈檀香刑〉为例》，《海南师范学院学报》(社会科学版)2005年第2期。

② 王学谦：《〈红高粱家族〉与莫言小说的基本结构》，《当代作家评论》2015年第6期。

化，20 世纪 80 年代的论者多将其视为一种建设性的力量，而 90 年代之后的论者多取其否定性、破坏性含义。褪去了 20 世纪 80 年代的热烈与激情之后，以更为深沉和理性的方式研究非理性的内容，是 90 年代之后社会文化的主要特征。

第二节　“历史叙事”：启蒙历史主义作为武器抑或反思对象

1985 年，“总政”召开有关军事题材小说的座谈会，一些老作家认为青年作家没有经历过战争，纷纷对这类题材表示担忧。据莫言转述，有的老作家说：

> 中国共产党自成立之日起，有二十八年都是在战争中度过的。老一辈作家亲身经历过战争，拥有很多的素材，但他们已经没有精力创作了，因为他们最好的青春年华耽搁在“文革”当中；而年轻一代有精力却没有亲身体验，那么他们该怎样通过文学来更好地反映战争反映历史呢？

莫言当时站起来说：

> 我们可以通过别的方式来弥补这个缺陷。没有听过放枪但我听过放鞭炮；没有见过杀人但我见过杀猪甚至亲手杀过鸡；没有亲手跟鬼子拼过刺刀但我在电影上见过。因为小说家的创作不是要复制历史，那是历史学家的任务。小说家写战争人类历史进程中这一愚昧现象，他所要表现的是战争对人的灵魂扭曲或者人性在战争中的变异。从这个意义上讲，即便没有经历过战争的

人，也可以写战争。[①]

事后，有人说莫言是“小和尚打伞——无法（发）无天”，“碟子里扎猛子——不知道深浅”。莫言说：“在我的创作生涯中，有好几次我都把自己逼到了悬崖上。为了证明自己观点的正确，我必须马上动笔，写一部战争小说。”[②]这便有了《红高粱》的创作。

显而易见，《红高粱家族》对1942年以来形成的“革命现实主义”与“革命浪漫主义”历史叙事成规进行了彻底的颠覆与改写。自20世纪80年代以来，大部分论者对其具有开创意义的历史叙事模式给予了高度评价，但是，考察论者们对其历史叙事的具体评价，可以发现各种观点之间存在着明显的差异，以此为线索可以一窥新时期以来社会文化心理变迁之一角。

《红高粱家族》与新历史主义的关系、与宏大叙事的关系、与革命历史叙事的关系、与“寻根文学”历史叙事的关系，以及其本身所具有的生命叙事特点、非历史化叙事倾向等，都是论者们关注和研究的重点。

一、20世纪80年代围绕“历史主体化”的争论

作为一部具有开创与颠覆意义的重要文学作品，《红高粱家族》在20世纪80年代问世之初即引起了广泛的争论。

① 莫言：《我为什么写红高粱家族》，莫言：《小说的气味》，春风文艺出版社2003年版，第17～18页。

② 莫言：《我为什么写红高粱家族》，莫言：《小说的气味》，第18页。

其中关于小说历史叙事的评价是争论的重要内容。

赞誉者的着眼点主要集中在肯定小说历史叙事中所体现出来的鲜明的主体性上。比如有的论者称赞《红高粱家族》“翻开了我国当代战争文学簇新的、尝试性的一页——把历史主体化、心灵化的一页”[①]，认为它是“作家的主体征服、化驭、重铸历史的结果，是作家不再把历史作为心灵的‘外物’，而是把自己活跃、能动、善感的主体整个融化在历史之中”[②]。

与之针锋相对的观点认为：

> 历史是有血有肉的客观存在，决不会因为作者主观的灵性激发与否而变得或丰富多彩，或苍白贫弱。如果我们把历史当作一个任人打扮的小姑娘，进行“主体的征服、化驭、重铸”，用主观的灵性去任意涂抹、“激活”历史，把主观的意想当作历史的真实，那就颠倒了本原和认识、生活和创作的关系。[③]

以上争论的实质在于历史观不同和对社会主义现实主义文学规范的态度不同。前者强调历史主体化，意在凸显个体对历史的解释权及文学创作主体的创造性与主动性，反对“作家站在历史之外殚精竭虑地要以尽可能生动的形象‘再

---

① 雷达：《历史的灵魂与灵魂的历史——论〈红高粱〉系列小说的艺术独创性》，《昆仑》1987年第1期。见雷达：《重建文学的审美精神：雷达文艺评论精品》上卷，第218页。

② 雷达：《灵性激活历史——〈红高粱〉〈灵旗〉〈第三只眼〉纵横谈》，《上海文学》1987年第1期。见雷达：《重建文艺的审美精神：雷达文艺评论精品》上卷，第247页。

③ 江春：《历史的意象与意象的历史——莫言长篇小说〈红高粱家族〉得失谈》，《齐鲁学刊》1988年第4期。

现'历史'真相'和历史结论"[①]。这种观点显然是对在"十七年"时期作为文学创作主导原则的社会主义现实主义文学规范的反动,并且与 20 世纪 80 年代李泽厚的"主体性实践哲学"、刘再复的"文学主体性"观点和鲁枢元的文学艺术"向内转"观点相呼应。它从历史主体化角度对《红高粱家族》历史叙事作出的肯定性评价,基本被 20 世纪 90 年代之后的论者认同与接受,甚至可以说它为此后《红高粱家族》历史叙事的评价定下了基调。但是,随着社会文化心理的变迁,20 世纪 90 年代之后的论者在历史与主体关系的框架内对《红高粱家族》历史叙事的解读,又显示了与 80 年代不同的理解,这一点本书在后面还有详细的对比分析。后者强调客观真实的历史对创作主体的约束性,认为《红高粱家族》的历史叙事是"对神圣抗战的一种歪曲,是对历史亡灵的一种亵渎,也是对后代庄严感情的戏弄"[②]。这样的观点在 20 世纪 90 年代之后已经难觅踪影,但其在 80 年代还是有一定代表性的。从文学的历史叙事角度看,这两种观点的分歧实质在于社会主义现实主义文学叙事成规是否应该被打破。社会主义现实主义作为一种文学叙事规范,从唯物主义反映论出发,规定文学创作必须符合客观真实,但是它同时也作为一种具有极强政治性的文学创作指导原则,规定文学的历史叙事必须符合政治的历史叙事规范。它是社会文化高度"一体化"时

---

① 雷达:《灵性激活历史——〈红高粱〉〈灵旗〉〈第三只眼〉纵横谈》,《上海文学》1987 年第 1 期。见雷达:《重建文学的审美精神:雷达文艺评论精品》上卷,第 246 页。

② 江春:《历史的意象与意象的历史——莫言长篇小说〈红高粱家族〉得失谈》,《齐鲁学刊》1988 年第 4 期。

代的产物。20 世纪 80 年代，“一体化”的社会文化开始松动和瓦解，曾经作为文学创作规范的社会主义现实主义也随之受到质疑。文学批评面对这样的局面，也出现了关于如何寻求新变的激烈争论，比如关于“现代派”的论争。社会主义现实主义文学规范在 20 世纪 80 年代一再被具有先锋意义的文学创作所突破，文学批评和文学理论也在不断寻找新的理论框架来解读文学创作的变革。20 世纪 80 年代关于《红高粱家族》历史叙事的争论，正是在这样的社会文化变迁与文学创作、批评变革的大背景之下发生的，它既显示了 80 年代的文学批评力图突破“一体化”文化结构的努力，也是 80 年代社会文化心理变迁的表现。

20 世纪 80 年代的论者在评价《红高粱家族》历史叙事的时候，首先多被其“新”“奇”的叙事立场、讲述方式吸引，虽然他们也力图对其文化内涵作出深刻的探讨，但是，一方面由于身处此文化变革之中，没有拉开时间距离，另一方面由于受 80 年代本身的社会政治文化氛围所限，他们难以对《红高粱家族》的历史叙事作出全面细致的分析与评价。

二、突破启蒙历史主义的努力

20 世纪 90 年代之后，论者们在评论的角度、使用的理论、评价的立场、讨论的深度等方面较之 80 年代有了全面的突破。突破启蒙理性框架评价《红高粱家族》的历史叙事，是 20 世纪 90 年代之后《红高粱家族》评论的总体特点。

20 世纪 80 年代的论者认为革命历史小说与《红高粱家族》在历史叙事问题上最主要的差别在于，前者叙述的是“死

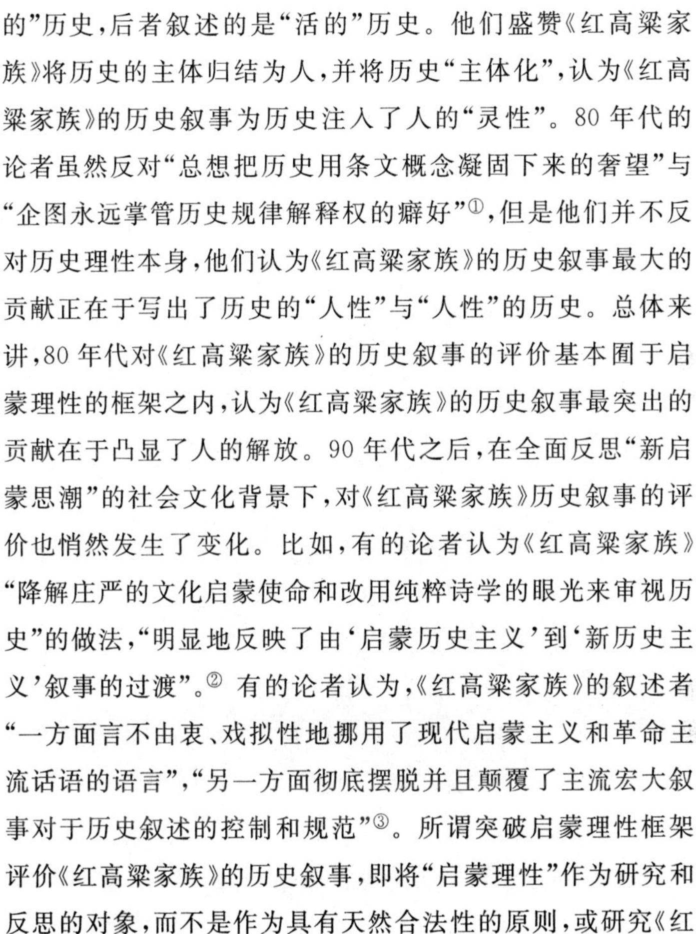

的”历史，后者叙述的是“活的”历史。他们盛赞《红高粱家族》将历史的主体归结为人，并将历史“主体化”，认为《红高粱家族》的历史叙事为历史注入了人的“灵性”。80年代的论者虽然反对“总想把历史用条文概念凝固下来的奢望”与“企图永远掌管历史规律解释权的癖好”①，但是他们并不反对历史理性本身，他们认为《红高粱家族》的历史叙事最大的贡献正在于写出了历史的“人性”与“人性”的历史。总体来讲，80年代对《红高粱家族》的历史叙事的评价基本囿于启蒙理性的框架之内，认为《红高粱家族》的历史叙事最突出的贡献在于凸显了人的解放。90年代之后，在全面反思“新启蒙思潮”的社会文化背景下，对《红高粱家族》历史叙事的评价也悄然发生了变化。比如，有的论者认为《红高粱家族》“降解庄严的文化启蒙使命和改用纯粹诗学的眼光来审视历史”的做法，“明显地反映了由‘启蒙历史主义’到‘新历史主义’叙事的过渡”。② 有的论者认为，《红高粱家族》的叙述者“一方面言不由衷、戏拟性地挪用了现代启蒙主义和革命主流话语的语言”，“另一方面彻底摆脱并且颠覆了主流宏大叙事对于历史叙述的控制和规范”③。所谓突破启蒙理性框架评价《红高粱家族》的历史叙事，即将“启蒙理性”作为研究和反思的对象，而不是作为具有天然合法性的原则，或研究《红

---

① 雷达：《灵性激活历史——〈红高粱〉〈灵旗〉〈第三只眼〉纵横谈》，《上海文学》1987年1期。见雷达：《重建文学的审美精神：雷达文艺评论精品》上卷，第245～246页。

② 张清华：《莫言与新历史主义文学思潮——以〈红高粱家族〉、〈丰乳肥臀〉、〈檀香刑〉为例》，《海南师范学院学报》（社会科学版）2005年第2期。

③ 旷新年：《莫言的〈红高粱〉与“新历史小说”》，《杭州师范学院学报》（社会科学版）2005年第4期。

高粱家族》历史叙事所携带的启蒙理性因素,或认为《红高粱家族》的历史叙事是对历史理性的反叛。它是 90 年代之后《红高粱家族》评论的总体特点。下文将从三个方面进行具体评述。

第一,以新历史主义视角取代启蒙历史主义视角,并以革命历史小说与寻根文学为参照,强调《红高粱家族》的历史叙事既是对政治性历史叙事的突破,又是对文化启蒙历史叙事的突破。比如有的论者称:

> 《红高粱》和"新历史小说"的潮流与 20 世纪 50 年代《红旗谱》等"革命历史题材"小说的强大规范构成了明显的对话关系,其"情欲化的历史"和"迷宫般的历史"鲜明地体现了对"革命历史题材"小说的颠覆和重写。[①]

"革命历史题材"小说所依循的"典型理论","具有鲜明的黑格尔主义特征,体现了一种高度理性的世界观","它认为世界从根本上来说是可以通过理性把握的,历史的运动具有必然的规律,人物的行动具有自己的合理目的"。"历史进步被表述为历史的本质规律和历史理性,革命和阶级斗争是历史的动力。然而,到莫言笔下,性、暴力、狂暴、混乱才是历史的本质,莫言的小说是对历史理性的消解,是对'官方'叙述的质疑和解构。"[②]这种观点将《红高粱家族》与革命历史小说在历史叙事方面的本质差异归结为以理性主义还是以非理性主义来主导历史叙事的差别。还有的论者认为,《红高粱家

---

① 旷新年:《莫言的〈红高粱〉与"新历史小说"》,《杭州师范学院学报》(社会科学版)2005 年第 4 期。

② 旷新年:《莫言的〈红高粱〉与"新历史小说"》,《杭州师范学院学报》(社会科学版)2005 年第 4 期。

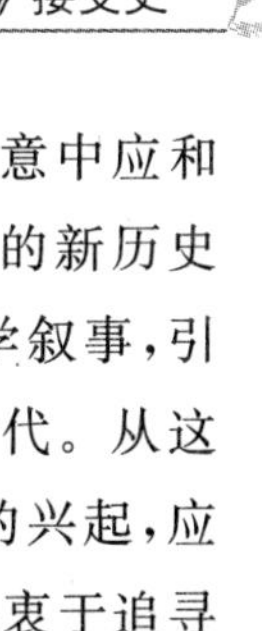

族》的"'野史'笔法、民间场景的杂烩式的拼接,无意中应和了米歇尔·福科式的反正统历史的和暴力化修辞的新历史主义的'历史编纂学',把当代中国历史空间的文学叙事,引向了一个以民间叙事为基本构架与价值标尺的时代。从这个意义上,说它推动了当代新历史主义文学叙事的兴起,应该是不过分的"。并且,其认为"与寻根小说家们热衷于追寻'风干'了的'文化风俗'的兴趣有明显的不同,莫言在这些作品中表现出了强烈的历史倾向,可以说,从'文化主题'转向'历史主题',《红高粱家族》是一个标志"①。寻根文学是当代中国作家"最后一次"试图集体影响并"进入中心"的尝试,带有强烈的文化启蒙目的。20 世纪 90 年代之后的论者相较 80 年代的论者,更加强调《红高粱家族》与之的区别而不是联系,其着眼点正是强调《红高粱家族》历史叙事对启蒙视点的超越。

第二,从《红高粱家族》历史叙事与"宏大叙事"关系的讨论入手,深入探讨《红高粱家族》历史叙事中的"历史化"问题。"宏大叙事"又称"元叙事"。按照利奥塔的说法:"我将使用'现代'一词来指示所有这一类科学:它们依赖上述元话语来证明自己合法,而那些元话语又明确地援引某种宏伟叙事,诸如精神辩证法、意义阐释学、理性或劳动主体的解放或财富创造的理论。"②"宏大叙事"("宏伟叙事")的概念在 20 世纪 80 年代中后期传入我国,"并在 90 年代迅速成为批评

① 张清华:《莫言与新历史主义文学思潮——以〈红高粱家族〉、〈丰乳肥臀〉、〈檀香刑〉为例》,《海南师范学院学报》(社会科学版)2005 年第 2 期。

② 转引自徐陶:《当代哲学导论》,湖南大学出版社 2014 年版,第 81 页。

界关注和使用的理论术语”[1]。从某种意义上讲,“宏大叙事”是后现代理论家用以批判现代性的概念,它与现代性所依凭的“理性”,“启蒙”,线性时间观念,历史进化论,总体性、本质性、合目的性的历史叙事之间有着同一性关系。“宏大叙事”在后现代理论家那里本是一个批判的概念,它主要用于反思现代性所带来的负面影响。但是,在2000年之后的中国理论界,有相当一部分论者在努力寻求“宏大叙事”对于中国的文学创作的正价值。因此,《红高粱家族》历史叙事与“宏大叙事”关系的讨论,涉及如下三个问题:对“宏大叙事”概念本身的理解以及对它的价值判断;《红高粱家族》历史叙事是对“宏大叙事”的颠覆和反叛,还是其本身也含有“宏大叙事”的成分;对《红高粱家族》历史叙事的价值判断。比如,有的论者将《红高粱家族》历史叙事归结为生命叙事,并将之与理性叙事相对立。其认为:

> 《红高粱家族》所呈现的世界,是那种宏大叙事(理性叙事)崩溃以后的没有结构的生命世界,是非历史化的非和谐的生存图景。将这种非历史化叙事看做是新历史主义也许未必准确,新历史主义的重心仍然是历史,它解构以往的历史同时也重建一种新的历史结构,非历史化叙事则仅仅是将历史还原为一种混乱无序的生命存在,无意建构历史。[2]

---

① 马德生:《关于文学宏大叙事的几点思考》,《河北大学学报》(哲学社会科学版)2011年第4期。

② 王学谦:《〈红高粱家族〉与莫言小说的基本结构》,《当代作家评论》2015年第6期。

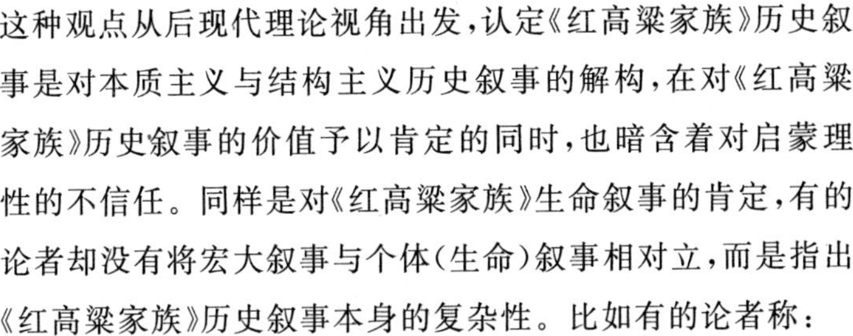

这种观点从后现代理论视角出发，认定《红高粱家族》历史叙事是对本质主义与结构主义历史叙事的解构，在对《红高粱家族》历史叙事的价值予以肯定的同时，也暗含着对启蒙理性的不信任。同样是对《红高粱家族》生命叙事的肯定，有的论者却没有将宏大叙事与个体(生命)叙事相对立，而是指出《红高粱家族》历史叙事本身的复杂性。比如有的论者称：

> 莫言未以某种文化为借助，自然也不为其拘囿，以本然生命直面历史，将本真生命体验投入历史激流，虽不以历史本身的宏大为诉求，却借势于历史话语的宏大性，在个体—生命与历史及其话语之间建构起极具紧张性的结构关联，从而赋予个体—生命这一日常、微末的存在以崇高的震撼。与以往深沉思虑民族命运的严正主体不同，新主体虽为在世肉身，但具有神话般的创造力和感召力，它带来了重新发现“群体”、“历史”的惊喜和内在本能释放的欢乐。①

这一观点深刻地揭示了《红高粱家族》历史叙事与宏大叙事之间的复杂关系。以上两种观点的根本分歧在于《红高粱家族》的生命叙事是否起到了“历史化”效果。第一种观点认为：《红高粱家族》的生命叙事本身没有“历史化”诉求，客观上也没有“历史化”效果，它是一种纯粹的非历史化叙事，在解构历史理性的同时，并不负责建构。第二种观点则认为：虽然《红高粱家族》的生命叙事在主观上并不寻求某种意识形态的宏大性，但是其历史叙事在客观上起到了“历史化”的效果。

① 王金胜：《〈红高粱家族〉与莫言文学的内质》，《中国现代文学研究丛刊》2016 年第 6 期。

第三，通过对《红高粱家族》历史叙事中个体与历史关系的探讨，揭示《红高粱家族》的历史叙事与启蒙主义历史叙事的关系。前文提到，20 世纪 80 年代的论者争论的焦点在于《红高粱家族》的个体叙事视角在历史叙事中的合法性问题。由于 80 年代“新启蒙思潮”的推动，对个体价值、人的主体性的肯定在 90 年代之后已经成为一种社会文化“常识”。但是，这并不意味着 90 年代之后的文学批评对《红高粱家族》历史叙事的评价与 80 年代相同。特别是在对《红高粱家族》历史叙事中个体与历史关系的认识上，90 年代之后的论者超越了 80 年代简单化的处理模式，更加注重开掘《红高粱家族》历史叙事中所呈现的个体与历史的复杂关系。在 80 年代，无论《红高粱家族》的肯定者还是否定者，对个体与历史关系的认识基本都限于“二元对立”的思维模式。他们或认为《红高粱家族》的历史主体化叙事视角为“僵死”的历史注入了“灵性”，凸显了作家对历史的个人化理解，为历史叙事增添了新的维度，或认为《红高粱家族》的历史叙事颠倒了个体与历史的关系，客观的历史被作者的主观想象随意篡改，小说的历史叙事总体上是失败的。后一种观点由于站在了 80 年代“新启蒙”文化主潮的对立面上，所以很快就变为历史的背景。前一种观点的基本精神虽然在 90 年代之后的评论中得到了继承，但是由于其对《红高粱家族》历史叙事中个体与历史关系的阐述过于简单，而且未能揭示《红高粱家族》的历史叙事与 80 年代“新启蒙思潮”之间的关系，所以也成为 90 年代之后论者反思的对象。比如有的论者敏锐地发现了《红高粱家族》前两章与后三章在历史叙事方面的明显不同，并从主体构建的角度总结道：前两章虽然宣扬的是个性主义和生命意识，“属于典型的以‘五四’为叙事根脉和精神源头的启蒙主义话语逻辑……可视为启蒙主义知识分子自我镜像的传达”，但是“小说人物，是作为‘人’而非小说要素获取自身存在价值，其情感、意志、欲望，均出之于主体属己的想象，所以‘人物’并未构成启蒙主义者自我反观系统中的一种话语功能”。后三章“作家已经逐渐从‘张扬生命力’的阵地前沿撤退”，着重对人物的“蒙昧、自私、狭隘、怯弱、目光短浅等心理、性格，及为人做事方面的缺陷，进行了多方细致的勾画……这一对人性的理解，是一种民族集体无意识或潜隐于人的精神、灵魂之混沌深层的暴力冲动或‘恶’的本质。小说由此从别一个方向获得了反思现代性的价值”。前两章中，“传统被主体激活，‘历史’被‘人’激活，‘人’成为讲述‘历史’、评判‘历史’的价值标尺。‘历史’的庄严、‘传统’的深厚被‘人’瑰丽神奇的力量所穿透，成为‘人’自身力量的证明”。后三章中，“历史浮出水面，并代替主体‘心性’成为重要甚至主导的叙事因素。在这历史叙事中，在历史—战争中瑟缩、僵硬的生命，历史——这个国家及人众所身历的一切，是主体难以回避，也无法超越的记忆。……故事中的主体被卷入历史的漩涡，主体被沉重的历史所捕获”。①

关于《红高粱家族》历史叙事与启蒙历史主义的关系问题，直至当下仍在讨论之中。对于《红高粱家族》所采取的生命（个体）叙事属于20世纪80年代启蒙历史主义的一部分，还是跳出了80年代启蒙历史主义的框架这个问题的解答，

---

① 王金胜：《〈红高粱家族〉与莫言文学的内质》，《中国现代文学研究丛刊》2016年第6期。

一方面联系着90年代之后对“新启蒙思潮”的反思，另一方面联系着对文学历史叙事在90年代之后的变化的反思。这两个方面的变化又与社会文化心理的变迁紧密联系。其中，在社会文化意义上个体内涵的变化，直接影响了文学批评对《红高粱家族》历史叙事的评价。

第三节 “民间”：从传统文化的注脚到知识分子人文精神的闪耀

“民间”是《红高粱家族》批评史上的一个重要的关键词。特别是21世纪以来，在对莫言及《红高粱家族》的研究中，它都占据着重要的位置。追溯它在《红高粱家族》批评史上的使用情况，可以发现20世纪80年代的论者就已经开始使用“民间”来评述《红高粱家族》，只不过在80年代，它基本被“魔幻现实主义”“先锋小说”等定位掩盖。“民间”真正被广泛用于对莫言以及《红高粱家族》的解读，是20世纪90年代以后的事情。从20世纪80年代到新世纪，《红高粱家族》的评论者都在试图利用“民间”概念来概括、定位、评价小说独特的写作立场、内容及风格。但是，在论者们具体使用“民间”概念的时候，它的内涵却不尽相同，论者们的态度也存在着差异。本节以“民间”内涵在文学批评史，特别是在《红高粱家族》批评史上的演变为线索，考察其变化与社会文化心理变迁之间的互鉴关系。

一、作为文学研究术语的“民间”的出现

“民间”并不是一个严谨的文学批评和研究术语。正如莫言本人所说，对“民间”的理解可以非常宽泛，并不限于“荒郊野外、穷乡僻壤”，“上海的里弄、北京的胡同实际上都算是‘民间’。每个人只要不是生活在达官贵人之家，就是在‘民间’生活，每个人都有自己的故乡，每个人也都有自己的‘民间’”。“在我看来，‘民间’的意义应该是在和‘庙堂’的对抗中获得，是作为‘庙堂’的对立面而存在的。我们有官方和体制，那么没有被纳入官方体制之内的就算是‘民间’了……”①

一般认为，“民间”这一概念在文学批评和研究领域引起高度关注，起源于陈思和的两篇文章——《民间的浮沉：从抗战到文革文学史的一个解释》(《上海文学》1994 年第 1 期)与《民间的还原：文革后文学史某种走向的解释》(《文艺争鸣》1994 年第 1 期)，以及一部文学史教材——《中国当代文学史教程》(复旦大学出版社 1999 年版)。《民间的浮沉：从抗战到文革文学史的一个解释》将“民间”视为“20 世纪中国文学史上已经出现，以其本身的方式生存发展，并且孕育了某种文学史前景的文化空间”。该文指出：“民间是与国家相对的一个概念，民间文化形态是指在国家权力中心控制范围的边缘区域形成的文化空间。”②《民间的还原：文革后文学史某种

① 莫言、杨庆祥：《先锋·民间·底层》，《南方文坛》2007 年第 2 期。

② 陈思和：《民间的浮沉：从抗战到文革文学史的一个解释》，《上海文学》1994 年第 1 期。见陈思和：《思和文存》第 2 卷《文学史理论新探》，黄山书社 2013 年版，第 3 页。

走向的解释》进一步规定了“民间”这一概念的文学批评和文学史研究意义。陈思和在文章中指出：

> 我在这里使用的民间概念，包含着两层意思：第一是指根据民间自在的生活方式的向度，即来自中国传统农村的村落文化的方式和来自现代经济社会的世俗文化的方式来观察生活、表达生活、描述生活；第二是指作家虽然站在知识分子的传统立场上说话，但所表现的却是民间自在的生活状态和民间审美趣味。[①]

他同时认为，20 世纪 90 年代以前“民间”“始终处于自在状态，并没有真正以一种知识价值取向存在于文坛……这种状况直到 1980 年代末才有所改变，民间才作为一种自觉状态加盟于文学史”[②]。这两篇文章不仅在文学批评意义上将“民间”概念学术化，而且为文学史研究提供了一条崭新的思路。《中国当代文学史教程》正是这种思路的具体实践。

陈思和在 20 世纪 90 年代提出的“民间”概念，被用来重新开掘、解读、评价“十七年文学”和“文革文学”。可以说，在当代文学研究领域，“民间”成为一个重要的文学批评与文学史研究概念，陈思和功不可没。但是，也有学者对“民间”概念提出了质疑。比如有的论者指出，《中国当代文学史教程》所倚重的“潜在写作”与“民间意识”两个概念在文学史研究方面存在着严重的问题，“‘潜在写作’由于无法确认其真实的创作年代而缺乏真正的文学史意义，对‘民间意识’的非历

① 陈思和：《民间的还原：文革后文学史某种走向的解释》，《文艺争鸣》1994 年第 1 期。

② 陈思和：《民间的还原：文革后文学史某种走向的解释》，《文艺争鸣》1994 年第 1 期。

史化理解则忽略了‘民间意识’与主流意识形态的同构”①。陈思和将“民间”与“自由”相联系的做法，是论者讨论的最重要的焦点。陈思和说：

> 自由自在是它最基本的审美风格。民间的传统意味着人类原始的生命力紧紧拥抱生活本身的过程，由此迸发出对生活的爱和憎，对人生欲望的追求，这是任何道德说教都无法规范，任何政治条律都无法约束，甚至连文明、进步、美这样一些抽象概念也无法涵盖的自由自在。在一个生命力普遍受到压抑的文明社会里，这种境界的最高表现形态，只能是审美的。所以民间往往是文学艺术产生的源泉。②

可见，陈思和一方面强调“民间”与官方、体制的区别与对抗，另一方面也强调“民间”对知识分子启蒙话语的颠覆，民间力量的源泉正在于“自由自在”。作为一种文化空间，“民间”与官方话语、知识分子启蒙话语之间的关系并不是一成不变的。进入新世纪以后，有的论者指出：

> 近三十年当代中国的转型，给文学带来的影响不仅是文学回到自身，特别重要的是文学关照和阐释世界的历史意识、哲学背景发生了深刻的变动。……“民间”与“庙堂”曾经具有的那种紧张关系也发生了变化，在生命力的张扬、个人意志的自由、独立精神的张扬等方面将“民间立场”与“知识分子精神”等同并与主流意识形态

① 李杨：《当代文学史写作：原则、方法与可能性——从陈思和主编的〈中国当代文学史教程〉谈起》，《文学评论》2000年第3期。

② 陈思和：《民间的浮沉：从抗战到文革文学史的一个解释》，《上海文学》1994年第1期。

对立的想法,很大程度上已经变成了一种“话语建构”。[①]

二、《红高粱家族》批评史上的“民间”

下文拟从《红高粱家族》批评史的角度,结合社会文化心理变迁,考察、对比不同时代、不同论者对《红高粱家族》所蕴含的民间因素的评价情况。

1994年陈思和两篇文章的发表,以及2001年莫言在苏州大学“小说家讲坛”上所作的题为《文学创作的民间资源》的演讲,是《红高粱家族》批评史上的两个节点,前者使“民间”获得了文学批评和文学史研究的学术意义,后者无意间契合了文学批评与文学史研究的理论转向,使得莫言成为新时期以来最具“民间”色彩的作家。

正如上文所说,“民间”并不是20世纪80年代《红高粱家族》评论文章中的重要关键词,其中的重要原因恐怕是在那样一个以“新启蒙”为主导的社会文化大环境下,作为被启蒙对象的“民间”更多被赋予了“落后”与“愚昧”色彩,其本身很难获得文学研究所需的独立的审美价值。即便未持激进启蒙立场的论者,也只是将其等同于“传统文化”“民族精神”等概念。将“民间”与乡村、农村等同,强调其中所蕴含的传统审美趣味与中华民族美德,是80年代论者的普遍做法。比如有的论者称余占鳌的“全部行为几乎都是由生命的本能驱使着争强斗勇,虽然终不免失败的英雄

① 王尧:《在个人与时代紧张关系中生长的哲学与诗学——关于张炜的阅读札记》,《扬子江评论》2010年第2期。

末路，但正合于中国民间项羽式本色英雄的人格理想”，罗汉大爷身上所体现出来的勇敢抗争与勤劳耐苦“构成中华民族的内聚力”。①

20世纪90年代以后，随着“民间”在文学批评和文学史研究中的重要性被不断强调，《红高粱家族》中所蕴含的“民间”因素不断被开掘。比如，有的论者指出：

> 八十年代中国的理论领域笼罩着浓厚的西方情结，不能不套用西方理论术语来概括莫言小说的艺术世界，这种削足适履的后果之一就是把莫言纳入“魔幻现实主义”的行列中，却无视莫言艺术最根本也是最有生命力的特征，正是他得天独厚地把自己的艺术语言深深扎植于高密东北乡的民族土壤里，吸收的是民间文化的生命元气，才得以天马行空般地充沛着淋漓的大精神大气象。②

20世纪90年代以后，评论者对《红高粱家族》中所蕴含的“民间”因素的评价基本从两个方面展开：一是将“民间”作为一种叙事立场、叙事角度和美学精神，研究它对“官史”叙事的颠覆性价值；二是研究“民间”与知识分子立场、人文精神的关系。接下来，我们对这两方面内容作具体分析。

第一，将“民间”视作与“官史”叙事相对抗的文学历史叙事的另一种美学精神。《红高粱家族》所采用的迥异于革命历史小说的叙事角度和立场，在其问世之初的20世纪80年

---

① 季红真：《忧郁的土地，不屈的精魂——莫言散论之一》，《文学评论》1987年第6期。

② 陈思和：《莫言近年小说创作的民间叙述》，《钟山》2001年第5期。

代就已经引起了评论者的充分注意，不过80年代的论者囿于社会文化的大背景，并没有从“民间”角度予以解读。90年代之后，随着“民间”在文学批评和文学史研究上的意义被逐渐强化，它具有了一种解读文学历史叙事的独立的美学价值。比如有的论者称：

> 余占鳌指挥的伏击战是一场民间战争，莫言在描写中有意淡化了历史教科书的党史意识，把国共两党的活动置于幕后，从而使民间的力量突出在历史舞台上。这里的关键似乎不在于写了土匪，而是在主流意识形态和知识分子话语之外，作家另外树立起一个整合历史的价值标准，我把这种标准称为民间的标准。[①]

还有的论者认为《红高粱家族》的历史叙事“是民间历史空间的拓展，它用民间化的历史场景、‘野史化’的家族叙事，实现了对现代中国历史的原有的权威叙事规则的一个‘颠覆’，在历史被淹没的边缘地带、在红高粱大地中找到了被遮蔽的民间历史，这也是对历史本源的一个匡复的努力”。“莫言选择了民间的美学精神，而且这种精神的方向并不指向对所谓‘终极真实’的追求，相反它所要体现的，是个人生命意志对历史的投射——用一句常用的话来说就是，他书写了‘个人心中的历史’和‘生命美学’的历史。”[②]这种以“生命本体论”的历史诗学为核心的民间美学精神，既是对庸俗社会学和政治伦理学的反叛，也是对知识分子启蒙立场的扬弃。

---

① 陈思和：《新文学整体观续编》，山东教育出版社2010年版，第173～174页。

② 张清华：《莫言与新历史主义文学思潮——以〈红高粱家族〉、〈丰乳肥臀〉、〈檀香刑〉为例》，《海南师范学院学报》(社会科学版)2005年第2期。

第二，从“民间”与知识分子立场、人文精神的关系出发，研究《红高粱家族》中“民间”的复杂内涵。“民间”与知识分子立场、人文精神的关系远比与“官史”叙事的关系复杂，特别是《红高粱家族》中的“民间”，它不同于以鲁迅作品为代表的“五四”启蒙文学中的“乡土”与“民间”，甚至也不同于沈从文、老舍笔下的“民间”。莫言小说中的“民间”是一个泥沙俱下、藏污纳垢的世界，它没有鲁迅笔下“民间”的颓败与僵死，也没有沈从文笔下“湘西世界”的淳朴与清澈。莫言的小说中不仅没有鲁迅“哀其不幸，怒其不争”的绝望态度，有时候还充满了对“民间”的赞美与褒扬。此外，他的小说中也没有老舍式的同情与沈从文式的选择性遮蔽，而是善与恶同体，美与丑共舞。鲁迅自不用说，老舍和沈从文即使没有鲜明的启蒙立场，他们的知识分子视角在作品中也是十分明显的。“民间”与知识分子立场、人文精神的关系在鲁迅、沈从文、老舍等人的作品中是清晰的。但是，到了莫言的小说中却变得扑朔迷离。一方面，莫言的小说降低了文学写作者的姿态，特别是他在苏州大学所作的题为《文学创作的民间资源》的演讲，将“为老百姓写作”与“作为老百姓写作”作为两种对立的写作态度提出来，进一步明确了作为小说家的莫言的写作态度与写作目的；另一方面，莫言作为一个专业的、职业的作家的社会身份，使得他如何真正“作为老百姓写作”成为一个问题。（当然，作家作为广义的“老百姓”是不太会引起争议的，但是如果就此泯灭了作家与“老百姓”的差别，似乎又有取消作家写作意义之嫌。）这其中的矛盾其实早已引起了评论界的注意。比如有的论者说：

有没有真正的“作为老百姓的写作”？我表示怀疑，

> 因为真正的老百姓是不会也没有必要“写作”的；但我又相信莫言的真诚，这种将自己视同老百姓的“平民意识”，是对一个世纪以来中国作家的写作心态的反省。①

《红高粱家族》中的“民间”与知识分子立场、人文精神的复杂关系给其评论者讨论“民间”的内涵并作出价值判断增加了极大的难度，也提出了巨大的挑战。下面笔者结合论者们的具体论述进行对比分析。

第一种情况：将《红高粱家族》所蕴含的“以原欲为基础的粗粝而蓬勃的民间文化精神”称为“人文精神的新向度”。这种观点一方面在价值论层面上肯定了《红高粱家族》中“民间”的意义，但另一方面也隐含着对“民间”进行区分的意味。“‘民间’是个复杂的概念，它对压抑萎缩的文化情结的反抗含有新的强权与暴力话语成分，粗犷豪放的文化形态中有其粗俗和破坏性的一面。但不可否认，《红高粱》为历史话语的解放洞开了‘民间’这一更大的精神门户。”②也就是说，《红高粱家族》中“民间”的正价值产生于它的人文性价值，只不过这种人文性是与知识分子精致的人文理想相区别的“粗放的人文性”。

第二种情况：以“自由”为纽带，试图在“民间”与知识分子的人文精神之间构建沟通的桥梁。比如有的论者认为《红高粱家族》“从 20 世纪 80 年代对于自由的追求、个性的解放、生命的肯定的立场和观念出发，将历史的场景安排在充满了想象空间的‘我爷爷’的年代。它借鉴了意识流小说和

---

① 张清华：《叙述的极限——论莫言》，《当代作家评论》2003 年第 2 期。

② 孙先科：《“新历史小说”的意识形态特征》，《当代文坛》1995 年第 6 期。

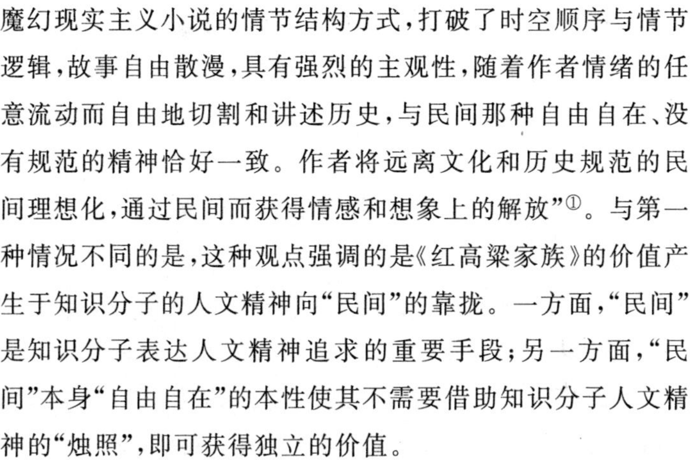

魔幻现实主义小说的情节结构方式，打破了时空顺序与情节逻辑，故事自由散漫，具有强烈的主观性，随着作者情绪的任意流动而自由地切割和讲述历史，与民间那种自由自在、没有规范的精神恰好一致。作者将远离文化和历史规范的民间理想化，通过民间而获得情感和想象上的解放”①。与第一种情况不同的是，这种观点强调的是《红高粱家族》的价值产生于知识分子的人文精神向“民间”的靠拢。一方面，“民间”是知识分子表达人文精神追求的重要手段；另一方面，“民间”本身“自由自在”的本性使其不需要借助知识分子人文精神的“烛照”，即可获得独立的价值。

第三种情况：不承认《红高粱家族》表达了作者的“民间”立场，认为小说“是知识分子自由意志的隐喻表达或精英意识的另类言说”。这种观点认为：

> 莫言以知识分子的“民间”想象创造了一个神奇的“高粱地”世界，并以精英文化的固有品质激活了民族种群的生命意志，进而在“自然”中“自由”地展示了“自为”精神，创造性地表达了中国现代知识分子的人文情怀。②

在这种观点中，“民间”是一个空壳、一种隐喻、一种庇护，作者只不过是借用“民间”来表达知识分子的启蒙现代性追求。“民间”只不过是知识分子的“民间想象”。

第四种情况：深入剖析“民间”与知识分子立场、启蒙、人文精神之间的关系，试图在关系中界定《红高粱家族》中“民

---

① 旷新年：《莫言的〈红高粱〉与“新历史小说”》，《杭州师范学院学报》（社会科学版）2005 年第 4 期。

② 宋剑华：《知识分子的民间想象——论莫言〈红高粱家族〉故事叙事的文本意义》，《广东社会科学》2009 年第 2 期。

间"的内涵。比如有的论者提出,"民间"应该包括三层含义:其一,"作为自在的民间文化空间";其二,"作为审美的文化空间";其三,"知识分子的民间价值立场"。"知识分子的民间价值立场"是沟通前两者的中间环节,"有了这种民间的价值立场,才能使知识分子从'民间的现实社会'中发现'民间'的美学意义"。"知识分子的民间价值立场并不是与'民间自在文化'的完全契合,而是在民间状态获得独立、自由,不受外在规范制约的个性精神,这种个性精神仍然保持着知识分子应有的精神品格。""'民间'是多维度和多层面而不是孤立的、静止的,在这个'民间'中流动着精神、情感、价值原则,是主体的民间立场和客体的民间世界相互冲撞、纠缠、交流而后形成的一个艺术世界。在这样一个民间世界中,知识分子是不会也不可能放弃启蒙和对社会责任承担的,只不过其表现形式发生了变化。"①从这种观点出发的评论者认为,《红高粱家族》中的叙述人具有双重立场和双重身份:既具有民间立场和身份,又具有现代立场和身份。"'民间'通过叙述人的双重身份所运用的语言在间离中的内在统一,转化成了当代人文精神的重要资源,形成了莫言'批判的赞美和赞美的批判'(莫言语)的艺术态度和人生态度。正是从这个意义上说,莫言是一个'民间的现代之子'。"②这种观点将"民间"细化为三个层面,而且强调"知识分子的民间立场"并不意味着启蒙立场的丧失,这对于进一步分析"民间"之于文学书写和

① 王光东:《民间与启蒙——关于九十年代民间争鸣问题的思考》,《当代作家评论》2000年第5期。

② 王光东:《民间的现代之子——重读莫言的〈红高粱家族〉》,《当代作家评论》2000年第5期。

文化建设的积极意义，有一定的作用。但是，它隐含着将“知识分子的民间立场”等同于居高临下的启蒙姿态的意味，所以又不可避免地将“民间”与知识分子立场、启蒙、人文精神相对立。针对这一点，陈思和指出：

> 知识分子的民间价值立场并不是虚拟的，不是说现实的民间社会藏污纳垢毫无价值，知识分子降临此岸，才将彼岸的光环照亮了它，赋予了它的审美价值。如果是这样的话，民间就没有实在的意义，它仅仅是一个空洞的所指，被用来寄寓知识分子的理想；而知识分子也没有改变自己的立场，只是根据自己的价值取向创造了一个审美的新空间。如果是这样的话，中国普通民众的实际日常生活就一无价值，需要知识分子来点铁成金，从而知识分子的所谓民间价值立场也无从谈起。
>
> 所谓现实中的民间文化空间与知识分子的民间价值立场，只有当它们成为一种文学性的想象以后，才是我们讨论的对象。①

此观点将“民间”牢牢限定于文学和文学史范畴，所谓“知识分子的民间立场”“只能通过作家的具体创作及其风格来证明”，而且“知识分子的民间立场”更多表现为一种弱者的立场。陈思和说：

> 国家/私人、城市/农村、社会/个人、男性/女性、成人/儿童、强势民族/弱势民族，甚至在人/畜等对立范畴中，民间总是自觉体现在后者，它常常是在前者堂而皇之的遮蔽和压抑之下求得生存……莫言的民间叙事的

① 陈思和：《莫言近年小说创作的民间叙述》，《钟山》2001年第5期。

> 可贵性就在于他从来不曾站在上述二元对立范畴中的前者立场上嘲笑、鄙视和企图遮蔽后者，这就是我认为的莫言创作中的民间立场。[①]

这种观点试图打破“民间”与知识分子立场、启蒙、人文精神之间的紧张关系，在启蒙现代性理论框架之外寻求对“知识分子的民间立场”的界定。特别是将“民间”限定于文学和文学史范畴的观点，意味着“民间”产生于文学创作和文学研究，而不是相反。这样的观点有助于减除对文学家的启蒙苛求，从文学研究的角度分析和讨论文学家笔下的“民间”的审美价值与意义，而不是以社会学角度的“民间”来对应文学作品中的“民间”。

第五种情况：围绕莫言提出的“作为老百姓写作”展开对“民间”与知识分子立场之间关系的讨论，进一步厘清莫言笔下“民间”的含义。如上文所言，莫言作为职业作家提出“作为老百姓写作”的写作伦理，本身就充满矛盾，但是也显示出“民间”与知识分子立场之间沟通的可能性。张清华指出：

> 莫言之所以认同“民间”的价值立场，而对“知识分子”的写作姿态和趣味发生怀疑，在我看既是对一个固执的自我幻觉的扬弃，同时也是对写作的价值和伦理的一个重新定位。……我认为这一概念是真正知识分子化的一种理解，不仅是身份的降解，也是一种醒悟，一种精神的自省与自律。[②]

这里有两个“知识分子”立场，一个是“固执的自我幻觉”，一

---

① 陈思和：《莫言近年小说创作的民间叙述》，《钟山》2001年第5期。

② 张清华：《叙述的极限——论莫言》，《当代作家评论》2003年第2期。

个是“真正知识分子化”，分别对应着“代表老百姓”的写作立场和“作为老百姓”的写作立场。莫言的写作既是真正的民间写作，也是真正的知识分子化的写作。

20世纪90年代之后，在商业大潮（市场经济）与意识形态的双重挤压下，知识分子对社会文化建构的影响日渐式微。从这个意义上讲，20世纪80年代成为知识分子的“黄金年代”。90年代之后，一部分知识分子继续坚持启蒙立场，一方面批判“国民劣根性”，一方面批判经济个人主义所带来的道德滑坡、贫富不均、人文精神丧失等社会现实问题。另一部分知识分子放低了启蒙姿态（但并不意味着放弃知识分子的人文立场），跳出启蒙/被启蒙二元对立的思维模式，以平视的角度看待“民间”文化空间，一方面展现被启蒙视角与政治视角遮蔽的原生状态的“民间”社会生活，另一方面探究“民间”文化空间所蕴含的文学与美学意义。90年代的《丰乳肥臀》《白鹿原》，新世纪的《秦腔》《圣天门口》等作品都从不同的侧面显示了小说家对待“民间”的非启蒙态度。这些作品不仅不同于以鲁迅小说为代表的“乡土文学”及以老舍作品为代表的“市民文学”，也不同于80年代的“知青文学”与“寻根文学”。应该说，《红高粱家族》是这种变化的开始。

纵观20世纪80年代至新世纪《红高粱家族》的接受史，“民间”的含义发生了巨大的变化。80年代的评论者力图从国家、民族的角度，开掘“民间”所蕴含的传统文化中的正能量。90年代之后，“民间”作为一种文学历史叙事的立场与角度的价值受到强调；同时，“民间”与知识分子、启蒙、人文精神的关系被深入探讨。这样的变化与社会文化变迁影响下的知识分子文化心态的变化，不无关系。

第四节 《红高粱》影视剧的传播与接受

在根据小说原著改编的影视剧对小说传播与接受的影响方面,《平凡的世界》与《红高粱家族》有着相似之处:根据小说文本改编的影视剧作品都对小说传播与接受范围的扩大起到了积极作用,同时,影视剧作品在一定程度上也表现出对小说原著的背离。但是,两部作品之间也存在着不同之处。其最大的不同在于,小说《红高粱家族》的大众读者远不如《平凡的世界》广泛,在影视剧对于扩大小说在大众读者群体之中的传播与接受范围的作用方面,影视剧《红高粱》的作用更加明显。

一、《红高粱家族》两次重要的影视剧改编

在小说《红高粱家族》的影视剧改编历史上,出现的最重要的作品有两个:第一个是西安电影制片厂 1987 年制作完成,由陈剑雨、朱伟和莫言担任编剧,张艺谋担任导演的电影《红高粱》(以下称电影《红高粱》);第二个是山东卫视传媒有限公司等 2014 年出品,由赵冬苓等担任编剧、郑晓龙担任导演的 60 集电视剧《红高粱》(以下称电视剧《红高粱》)。电影和电视剧《红高粱》的编剧与导演都在充分尊重原著的基础上,根据自己的理解,对小说原著作了一定的改编。总体来讲,"影视版《红高粱》各有千秋,电影版偏重于写意,电视剧

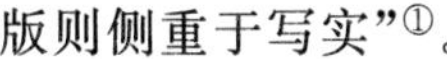
版则侧重于写实"[①]。

电影《红高粱》根据中篇小说《红高粱》和《高粱酒》(即《红高粱家族》中的第一、二章)中的内容改编而成,从体量上看,远远小于小说《红高粱家族》。导演张艺谋也承认:

> ……《红高粱》系列,一共五部,我感觉电影拍出来以后,远远没有把小说里面很丰富的东西表现出来,非常遗憾。其实我们再怎么做,很难达到小说的震撼力,尤其是对人的生命的描写。……虽然我们改了很多故事情节,但电影中的神韵以及生命力释放出来的感觉,完全是小说提供的。说起来也很奇怪,从拍完《红高粱》至今,我的电影再没有表现过那样张扬的生命力。我想要重复也重复不了。[②]

虽然张艺谋的话有自谦的成分,但是也道出了电影与小说之间存在差异的实情。从人物形象到内容情节,电影都对小说进行了简化处理,这其中自然有电影与小说两种艺术形式之间差异的因素,比如电影的时间长度限制、电影拍摄的技术性问题等,同时也有编剧与导演对原著的不同理解问题,还有电影本身的大众艺术性质问题。尤其是最后一点,一方面,它要求电影更加符合大众审美习惯,符合社会主流价值观;另一方面,小说中某些比较先锋、前卫的东西确实不宜通过电影这种大众艺术形式来展现,更不用说电影审查与审批问题。笔者这样讲,并不是贬损电影《红高粱》的艺术价值,

---

① 张学军:《影视剧在〈红高粱〉经典化中的作用》,2017 年 7 月 5 日《中华读书报》。

② 孙丽:《大江健三郎与莫言、张艺谋的对话》,2002 年 2 月 15 日《检察日报》。

它对小说原著基本精神的把握还是值得称道的。在这一点上，莫言本人也对电影《红高粱》表示了肯定：

> 任何小说被改编成电影或其他的艺术样式，实际上是一个选择的艺术。一部长篇几十万字，改成电影或话剧，时间长度是有限的，不可能把所有的人物、情节全部利用起来，只能选取他认为最重要的部分把它发扬光大，进行特别的强调。《红高粱》电影应该说做到了这一点，把我小说中最有力量的部分提取了出来。仿佛从一大堆花瓣里提取了一瓶香水。①

> 电影基本上是比较成功的，最重要是，把小说里面那种张扬个性、追求个性解放的这种精神传达出去了。②

与电影《红高粱》不同，电视剧《红高粱》所依据的是整部长篇小说《红高粱家族》，虽然从情节内容到人物形象，它对小说原著也作了不少增删，但是在作品的体量上，它与小说原著大体相当。从二者的差异角度讲，第一，电视剧将小说原著的叙事主线“我爷爷”更换为“我奶奶”；第二，电视剧改变、增加了一些人物，比如变曹梦九为朱豪三，增加单家老大的媳妇淑贤这一角色，增加张俊杰这一角色或者说变任副官为张俊杰；第三，电视剧部分改变了原著小说主要人物的性格，且根据自身的艺术特点与受众的审美需求部分改变了小说原著所表达的思想主旨。从积极的方面看，电视剧《红高粱》在故事情节的生动曲折性、人物形象的丰满程度、民族精

---

① 孙丽：《大江健三郎与莫言、张艺谋的对话》，2002 年 2 月 15 日《检察日报》。

② 莫言：《北海道大学演讲》（2004 年 12 月 27 日）。见莫言：《用耳朵阅读》，作家出版社 2012 年版，第 103 页。

神的表现上都体现出了自己的特点。

根据文学原著改编而来的连环画、摄影小说、电影、电视剧、舞台剧等作品被法国社会学家罗贝尔·埃斯卡皮称为“次文学”,它们在传播的范围上可能远远超过了文学原著。虽然它们都经过了二次改编与创作,部分地失去了原著的精髓,但是由于在传播上的独特优势,它们对于原著的推广、传播、普及、接受起到了重要作用。

电影《红高粱》与电视剧《红高粱》上映以后获得了一系列国际、国内重要奖项,并且引起了大众群体的广泛关注。电影《红高粱》获得第 38 届柏林国际电影节金熊奖,第 8 届中国电影金鸡奖最佳故事片奖、最佳摄影奖、最佳音乐奖、最佳录音奖、最佳导演奖提名、最佳男主角奖提名,第 11 届大众电影百花奖最佳故事片奖,第 5 届津巴布韦国际电影节最佳影片奖、最佳导演奖、故事片真实新颖奖,第 35 届悉尼国际电影节电影评论奖,摩洛哥第 1 届马拉什国际电影电视节导演大阿特拉斯金奖,第 16 届布鲁塞尔国际电影节广播电台听众评委会最佳影片奖,法国第 5 届蒙彼利埃国际电影节银熊奖。电视剧《红高粱》获得 2014 年国剧盛典十佳电视剧称号,第 30 届中国电视剧飞天奖优秀电视剧提名奖,第 17 届华鼎奖中国百强电视剧满意度调查第一名、全国观众最喜爱的电视剧作品、中国百强电视剧最佳导演奖及最佳女主角奖,第 21 届上海电视节白玉兰奖最佳女主角奖、最佳女配角奖、最佳男主角奖、最佳男配角奖、最佳电视剧奖提名、最佳导演奖提名。[①]

电影《红高粱》在国内上映之后，引起了不小的观影热潮。据统计，在经济与文化都不发达的银川地区，电影《红高粱》“上映 9 天，观众达 235，572 人次，放映收入 117，228.75 元。这个数字表明仅有 31 万城市人口的银川市中有三分之二以上的人看过此片；同时也表明《红高粱》的放映收入与曾风靡一时的、最卖座的《南北少林》、《少林寺》等武打片不相上下”[②]。电视剧《红高粱》2014 年 10 月在山东卫视、北京卫视、浙江卫视和东方卫视黄金档首播，据统计，“每家卫视的收视率都突破了 1 个百分点，四台总平均 5.28，这也是四星联播实施十年来的最高收视率”[③]。拥有电视剧《红高粱》网络首播权的乐视网的流量数据显示，该剧上线 6 天，网上点击量就已经突破 1 亿。

电影《红高粱》与电视剧《红高粱》都在各自的领域内取得了巨大的成功，这一方面显示了“次文学”在大众群体中的巨大影响力，另一方面也能够对扩大文学原著在大众群体中的影响起到重要作用。莫言曾感慨道：

> 电影的影响的确比小说大得多，小说写完以后，除了文学圈也没有太多的人知道，但当电影公演过后，我从高密回北京，深夜走在马路上还能听到很多人在高声

① 电影《红高粱》与电视剧《红高粱》获奖情况统计数据引自张学军：《影视剧在〈红高粱〉经典化中的作用》，2017 年 7 月 5 日《中华读书报》。

② 罗北凡：《谁说叫好必不上座——〈红高粱〉上座引起的思索》，《电影评介》1988 年第 8 期。

③ 李掖平、高静波：《“红高粱”劲舞中华魂——评电视剧〈红高粱〉》，《百家评论》2015 年第 4 期。

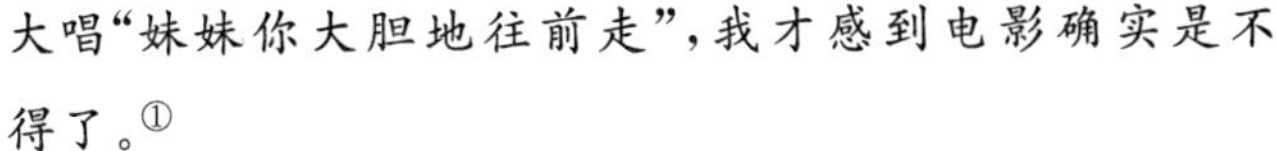

> 大唱“妹妹你大胆地往前走”，我才感到电影确实是不得了。[①]

张学军也说：

> 2013年4～5月，山东大学“当前社会‘文学生活’调查研究”课题组，向18所院校的大学生发放了2000份调查问卷，调查对象涉及除军事学之外的所有学科的学生，收到有效问卷1676份。在这次调查中，我们把阅读过《红高粱》小说的，与看过《红高粱》电影的做了一个对比：其中有285人读过小说，占17%，而看过电影的则有925人，占55.2%。观看过《红高粱》电影的比率比阅读过作品的比例高出38.2%。……许多人对莫言作品的最初认识就是从影片《红高粱》开始的。由此可见，在文学经典形成的过程中，影视剧起到了重要的作用，——扩大了受众的范围，延长了作品的生命，使《红高粱》经常出现在文化群体的话语中，成为国家文化生活的一个组成部分，有很高的社会知名度。[②]

笔者对长篇小说《红高粱家族》在大连民族大学和辽宁师范大学两所高校图书馆10余年的借阅情况进行的调查[③]，也从一个侧面验证了这部创作于20世纪80年代的文学作品在近年来的大学生读者群体中依然保持着较高的“知名度”。在大连民族大学图书馆的调查情况如下：《红高粱家

---

① 孙丽：《大江健三郎与莫言、张艺谋的对话》，2002年2月15日《检察日报》。

② 张学军：《影视剧在〈红高粱〉经典化中的作用》，2017年7月5日《中华读书报》。

③ 调查数据统计时间截止到2018年7月9日。

族》(当代世界出版社 2004 年版),2004～2018 年共有 68 条借阅记录;《红高粱家族》(人民文学出版社 2007 年版),2009～2018 年共有 48 条借阅记录;《红高粱家族》(上海文艺出版社 2008 年版),2009～2018 年共有 45 条借阅记录;《红高粱家族》(作家出版社 2012 年版),2013～2018 年共有 72 条借阅记录;《红高粱家族》(浙江文艺出版社 2017 年版),2017～2018 年共有 22 条借阅记录。综上,《红高粱家族》一书在 2004～2018 年共有借阅记录 255 条。在辽宁师范大学图书馆的调查情况如下:《红高粱家族》(上海文艺出版社 2008 年版),2008～2018 年共有 91 条借阅记录;《红高粱家族》(作家出版社 2012 年版),2013～2018 年共有 49 条借阅记录;《红高粱家族》(浙江文艺出版社 2017 年版),2017～2018 年共有 1 条借阅记录。综上,《红高粱家族》一书在 2008～2018 年共有借阅记录 141 条。

笔者认为,近年来大众读者群体对《红高粱家族》能够保持一个较高的关注度,与 2012 年莫言获得诺贝尔文学奖以及 2014 年电视剧《红高粱》的热播是分不开的。其实,作为一种商业行为,拍摄电视剧《红高粱》主要也是看中了诺贝尔文学奖的公众效应。

二、影视剧《红高粱》的接受与评价

电影《红高粱》1987 年在国内公映,随即引发了包括评论界在内的社会各界的激烈争论。据 1988 年 5 月 4 日《文汇报》发表的文艺通讯《〈红高粱〉〈老井〉引出的一场争议》报道,影片在上海公映后,有一部分观众认为影片着意表现的

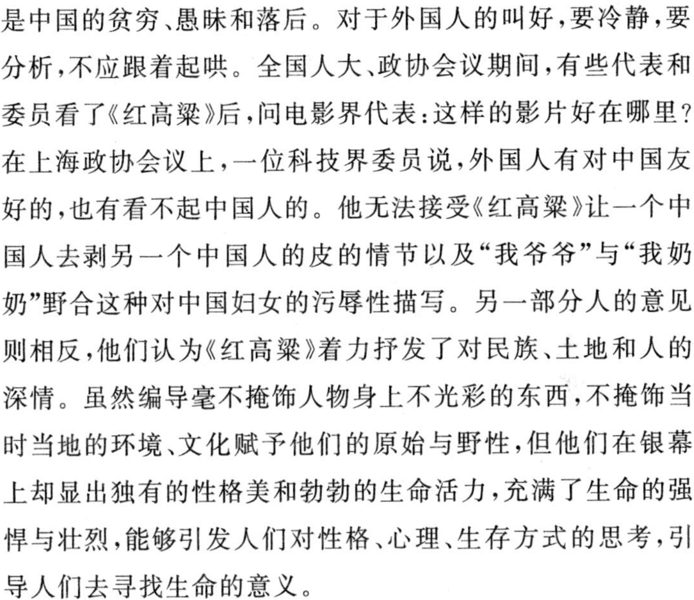

是中国的贫穷、愚昧和落后。对于外国人的叫好，要冷静，要分析，不应跟着起哄。全国人大、政协会议期间，有些代表和委员看了《红高粱》后，问电影界代表：这样的影片好在哪里？在上海政协会议上，一位科技界委员说，外国人有对中国友好的，也有看不起中国人的。他无法接受《红高粱》让一个中国人去剥另一个中国人的皮的情节以及“我爷爷”与“我奶奶”野合这种对中国妇女的污辱性描写。另一部分人的意见则相反，他们认为《红高粱》着力抒发了对民族、土地和人的深情。虽然编导毫不掩饰人物身上不光彩的东西，不掩饰当时当地的环境、文化赋予他们的原始与野性，但他们在银幕上却显出独有的性格美和勃勃的生命活力，充满了生命的强悍与壮烈，能够引发人们对性格、心理、生存方式的思考，引导人们去寻找生命的意义。

同时，在电影评论界，论者们也展开了热烈的讨论。总体来讲，大部分论者对影片持肯定态度，但也不乏一些从电影专业角度出发的有价值、有针对性的质疑声音。第8届金鸡奖（1988年）组委会对电影《红高粱》的评语代表了官方的、主流的影评界的基本态度：“《红高粱》浓烈豪放地礼赞了炎黄子孙追求自由的顽强意志和生生不息的强大生命力，融叙事与抒情、写实与写意于一炉，发挥了电影语言的独特魅力。”针对批评影片以表现中国落后的农村，展览贫穷、愚昧迎合洋人口味，从而获得大奖犒赏的比较极端的论调，有的论者从创作主体与西方接受主体角度出发，予以驳斥。如罗艺军说：

> 对延续漫长年代的农业文化和占人口绝大多数的农民，中国艺术家体验更真切，思考更成熟，情感更诚

挚，艺术把握也就更得心应手。小农经济的贫困、愚昧和封建礼教桎梏在偏远山区展示得更集中，更能迸发求变图新的意志力。……中国农村生活蕴涵的东方情调更浓，更带陌生感和新奇感，也更容易与他们对这个古老民族的印象认同。[①]

有的论者从“文化寻根”思潮的角度，阐释了影片所表现的文化追求，并对其作出评价。如石戈说：

电影《红高粱》的尝试与成功，带给了文化艺术创作界，乃至整个民族集体从感官到心理积淀一个强烈而灼痛、火烧火燎的刺激，弘扬了对当代生活中人们某种集体无意识心理的荡涤。[②]

罗艺军指出：影片“鉴于传统的儒家文化对自由意志的扼制和民族活力的窒息，将视野扩展到儒家文化之外和儒家文化之前的民族文化心态，从蛮荒的化外之民中探求民族精神之本源”[③]。孔都认为：

《红高粱》告诉我们典籍文化里没有的一种文化，它们长久被入了另册，流传在山野民间。其实，这是一种有生命的历史文化，是一种活的文化，是一种充满悲剧而又生机勃勃的文化，充满血腥也充满爱的文化。[④]

有的论者认为电影《红高粱》中一些场面（镜头、用光、角度）的处理，留有《黄土地》的影子，并不能给人以新鲜的激动

---

① 罗艺军：《论〈红高粱〉〈老井〉现象》，《电影艺术》1988年第10期。

② 石戈：《电影〈红高粱〉及其反馈》，《唐都学刊》1988年第2期。

③ 罗艺军：《论〈红高粱〉〈老井〉现象》，《电影艺术》1988年第10期。

④ 孔都：《不只是一个神奇传说——〈红高粱〉赏析》，《当代电影》1988年第2期。

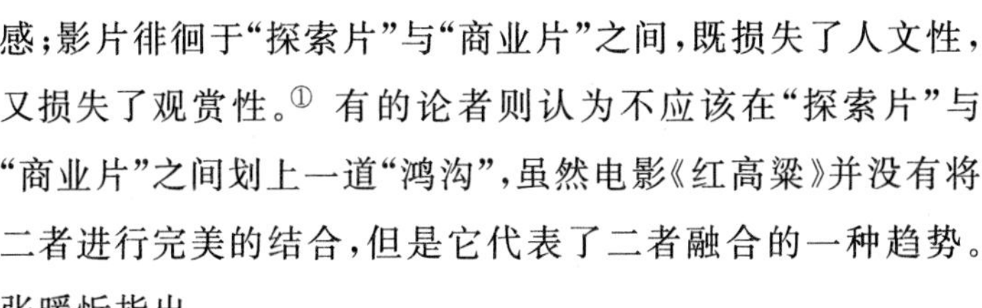

感；影片徘徊于“探索片”与“商业片”之间，既损失了人文性，又损失了观赏性。[①] 有的论者则认为不应该在“探索片”与“商业片”之间划上一道“鸿沟”，虽然电影《红高粱》并没有将二者进行完美的结合，但是它代表了二者融合的一种趋势。张暖忻指出：

> 在探索中，有时只适应了一部分观众而不能适应更广大的观众，但在观众提高了审美能力的基础上，这种影片会逐渐地扩大它的观众面。越搞得尖就越离开了观众的看法不一定就准确。《神鞭》《大刀王五》能卖钱，《黄土地》《太阳雨》不卖钱，这是不正常的。现在没办法，因为中国观众的文化水准就这样。但不能因此断定我们的主流电影就应该是《神鞭》，我们应该逐渐扩大探索片的影响。[②]

在20世纪80年代的讨论中，电影《红高粱》中的“审丑”问题常常成为一些论者指责它的一个焦点。比如，朱寿桐称：

> 《红高粱》及其所代表的西部探索片的刺激，是通过蛮荒的描述、蛮力的刻划、顽蛮的崛现和野蛮的渲染等“丑处理”实现的，应该视为对我国影界探索乃至对于我国文化批判十分有害的现象。[③]

但是，也有的论者将电影《红高粱》中对“野性”与“蛮荒”的表

---

① 参见郑洞天：《它不是我心目中的〈红高粱〉》，《电影艺术》1988年第4期。

② 张暖忻：《三级跳的最后一跳》，《电影艺术》1988年第4期。

③ 朱寿桐：《愈益丑陋的“蛮”刺激——谈〈红高粱〉等探索影片的追求》，《电影艺术》1988年第7期。

现，视为一种对生命冲动与自由意志的追求。如谭好哲指出：

> 为了强化并凸现灿烂的自由人生境界，影片在极其粗疏、凝练的故事叙述中自始至终释放出一股野性，不仅那精灵般俯仰有情的百十亩高粱是“野高粱”，而且那环绕烧酒作坊的荒漠背景，不时响起的歇斯底里的嚎歌，以及那张狂至极点的颠轿、惊天动地的野合、混蛋无赖的撒尿、慷慨悲壮的血战，也无不迸发出一股野性，而在这股野性中狂放着的是热血沸腾的生命活力，是生命意志的剧烈扩张。面对这一切，我们的心灵仿佛被提升到另一个世界，人生仿佛为我们打开了另一扇大门，在其中我们感受到的决非什么野性的情绪和原始的人性，而是生命的美丽、可爱、崇高、伟大。[①]

受2012年莫言获诺贝尔文学奖以及2014年电视剧《红高粱》热播的影响，对电影《红高粱》的研究在近几年又掀起了一个小高潮。与20世纪80年代不同，近几年对电影《红高粱》的研究多集中于两个方面：一是电影与电视的对比研究，二是电影与小说的对比研究。

电视剧《红高粱》从诞生到热播都受到莫言获得诺贝尔文学奖这一事件的影响，这是毋庸置疑的。莫言获得诺贝尔文学奖作为一个事件，对中国文学界、文化界的影响是多层面的。从文学接受的角度讲，它在一定时间段内极大地激发了中国读者甚至全世界范围的读者对莫言作品的阅读兴趣。电视剧《红高粱》乘着这股“莫言热”应运而生，同时也对扩大

① 谭好哲：《〈红高粱〉阐释：理想与反思》，《电影评介》1988年第8期。

莫言作品的影响起到了重要作用。电视剧《红高粱》在四大卫视创下的收视率新高,说明了它的受众群体的广泛。同时,它在大众观众群体与评论界中也引起了广泛的热议。

2014年11月27日,由中国电视艺术委员会、中国广播电视协会制片工作委员会、山东广播电视台、山东卫视传媒有限公司、东阳市花儿影视文化有限公司联合主办的电视剧《红高粱》专家研讨会在北京召开,大部分与会者表达了对电视剧《红高粱》的认可。尹鸿认为,这个改编从文化传播的角度来讲是一个建设性的选择,它让我们的社会有更多的人愿意通过一个更通俗的媒介了解文学经典,它本身可以成为文本之间互相解读、互相推动的一种方式,其作用特别值得肯定。从改编本身来讲,它完成了不同媒介之间的转换,也在一定程度上还原了社会的多元性,比电影和小说的覆盖面更大。阎晶明认为,电视剧《红高粱》是在没有颠覆原著精神气质的前提下进行的一次创造性的改编,既体现了原著的精神,又符合电视剧的艺术规律。梁鸿鹰认为,从叙事艺术的长度、密度、难度三方面来讲,电视剧《红高粱》都达到了较高水准。范咏戈认为,电视剧《红高粱》对主题的提炼很见功力,抗日背景下的全民抗战、慷慨赴死是对原作的一种诗意升华,也给当下的剧评提供了一系列新的人物形象。与会者在肯定电视剧《红高粱》成绩的同时,也指出了它存在的一些不足。比如:范咏戈认为电视剧在和市场趣味的博弈中还缺乏力度;梁鸿鹰认为剧中女性形象过于城市化;李准认为电视剧的写实性导致了想象的不自由,狂野的色彩就减轻了;尹鸿认为在从浪漫的、带有某种象征性的文学文本到现实主义的电视剧的转换过程中,两个时代的主题和两种风格之间还是会出现一些裂缝。[①]

与近年来关于电影《红高粱》的讨论类似，对“改编”问题的讨论，是论者们对电视剧《红高粱》进行评价的重要角度之一。从见诸学术刊物的文章来看，大部分论者对电视剧的“改编”基本持肯定态度。有的论者称：

> 电视剧《红高粱》很好地突破了以往的改编和创新的局限性，回归和丰富了原著的精神内涵，彰显出抗日战争时期中华大地上百姓们的人性自由追求，在展现出独特艺术性和趣味性的同时，也为观众传达了正确的道德及人性价值观。[②]

有的论者针对影视改编是否应该“忠实于原著”问题本身提出了自己的见解：

> “忠实于原著”不仅不能成为衡量改编的唯一标准，甚至也不是最好的标准。对于一部具有独创性的电视剧来说，改编创作能否成功地在不同媒介形式、艺术形式和文化类型之间进行转换，能否将不同类型的文化进行更好的整合，能否解决不同文化价值立场之间的冲突等，才是最重要的。

基于这样的基本认识，这种观点认为，电视剧《红高粱》“新的文化维度的加入，改变了小说人物原有的文化内涵，也产生

---

① 有关本次研讨会的具体情况参见本刊记者：《成功的名著改编，传奇的艺术表达——电视剧〈红高粱〉研讨会综述》，《中国电视》2015年第3期。

② 吴楠：《生命的绽放与人性的张扬——评电视剧〈红高粱〉》，《当代电视》2015年第2期。

了很多新的审美价值和意义”。[①] 这种观点还认为，电视剧对小说的改编是“中国传统文化”“政治主导文化”与“现代启蒙文化”对“民间文化”的彻底改造。这一说法有一定的道理，但是将小说原著限定于“民间文化”，或者对小说中的“民间文化”作较狭隘的理解，在某种程度上也是对小说原著的曲解。还有的论者从大众文化的娱乐性、趣味性角度，从女性视角取代男性视角甚至女性解放的角度，从国家政治的角度，从“抗日题材”的角度等对电视剧与小说进行了对比研究。

对电视剧《红高粱》进行评价的另外一个重要角度是电视剧制作与演员表演。专业影视评论界对电视剧《红高粱》的制作与演员的表演的评价以肯定为主。比如，李掖平、高静波认为：

> 山东卫视依仗着耐心打磨鲁剧精品丰富经验的积累，进一步继承光大了大手笔、大气势、大制作、精品化的鲁剧制作特点，力求每一环节都做到最好。如动员著名编剧赵冬苓担纲剧本创作，诚邀金牌导演郑晓龙担纲执导，约请周迅、秦海璐等当红演员出演主角；在制作上更是精益求精，仅后期剪辑就足足做了八个月；所有细节方面也力求尽善尽美，剧组专门从浙江横店用火车拉来了 200 名专业的群众演员；宣传方面，山东卫视提出了“发挥本土文化优势、借鉴电影营销手法、整合优质高端资源”的基本原则，制作了《笑看红高粱》《莫言眼中的

---

① 周丽娜：《电视剧改编中的文化转型与价值冲突——以电视剧〈红高粱〉的改编为例》，《中国电视》2015 年第 2 期。

> 红高粱》等一系列宣传片，设计制定了精美的宣传海报，其制作水准已超出电影海报，并开创了电视剧在几大城市中同时举办影院点映会的先例；拍摄上更是在尽量保持原著审美格调的基础上，力求契合与对接现代观众的审美理念，用接地气的表演和写实与写意相结合的艺术手法来表现各色人物，展示时代风貌……总之，一切的一切，都使这部电视剧拥具了优良精美的品质保证。[①]

与电影、电视、文学类报刊登载的评论相比，也许一些非专业报刊上刊发的评论更能够反映大众观众对电视剧《红高粱》的看法。

2014年11月19日，《南方都市报》刊发了一篇名为《〈红高粱〉收视高口碑一般，到底谁在贡献收视率》的文章。该文称：

> 《红高粱》前晚收官，收视不错，评论却比想象中难约得多。把身边觉得会看的剧评作者、娱评作者挨个问遍，收到最多的回复是："一集也没看"……为数不多看过的，也不约而同地甩了句"如果不是我妈看，我也不会看"。

文中南都特约撰稿人米唐说：

> 电视剧《红高粱》几乎集中了电视剧行业的最顶级配置，而交上的却是一部由各种庸俗桥段东拼西凑、风格支离破碎、演员表演处处让人觉得别扭生硬的作品。

南都特约撰稿人 wonderC 说：

> 《红高粱》是中国影视业弊病的大全，为了赶高粱成熟期仓促上马，为保证营收扯长剧情增加人物，以主旋

---

① 李掖平、高静波：《"红高粱"劲舞中华魂——评电视剧〈红高粱〉》，《百家评论》2015年第4期。

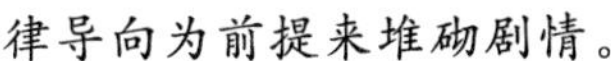

律导向为前提来堆砌剧情。

南都记者麻乐说：

> 周围的同龄人都在追看《红高粱》。一位在香港读博的朋友说，她每天敷面膜时都放着《红高粱》，跟听书似的，那是她阅读繁重文献外仅有的消遣之一；被思密达国长腿欧巴迷得死去活来的友报年轻女同事，竟也追起了这部乡土味十足的内地剧……远在北京跑能源新闻的女伴说，她看到第十集，忍不住百度了后几十集的剧情概要，一口气读完。[①]

《南方都市报》的报道在一定程度上反映了大众观众对于电视剧《红高粱》的不同接受态度。

① http://ent.163.com/14/1119/08/ABDA251F00031GVS.html。

结　语

本书以《平凡的世界》《古船》以及《红高粱家族》的接受史为主要研究对象，探究20世纪80年代文学接受史与新时期以来的社会文化建设、社会文化心理变迁之间的互鉴关系。

从“历史化”角度切入《平凡的世界》的接受史，有利于在《平凡的世界》的接受史与新时期以来的社会文化变迁之间建立更加直观的联系。“历史化”是近年来当代文学研究领域出现的一种新的学术思潮，它上承20世纪90年代的文化研究和新历史主义批评，重视文学社会学研究，重视“历史的文本性”与“文本的历史性”相结合，对文学现象进行研究。《平凡的世界》的接受史表明，《平凡的世界》不仅得到了主流文学批评与官方的认可（获得茅盾文学奖），而且在广大大众读者中产生了其他新时期文学作品无法比拟的影响。它在当代文学研究领域遭到的“热捧”和“冷遇”，反映了秉持不同文学批评标准的研究者面对当代文化建设的不同心态。2015年播出的电视剧《平凡的世界》再次引起了讨论热潮，同时还带动了原著小说的线上、线下销售。

综观《平凡的世界》的接受史,“现实主义文学力作”“现实主义‘常销书’”“‘文学事实’意义上的经典”“人生之书”“励志之作”“文学史著作上的缺席者”等是《平凡的世界》研究者经常使用的关键词。现实主义在中国文学理论与批评领域从来就不是单纯地指称一种艺术手法,不同时期、不同论者所使用的“现实主义”概念的内涵也不尽相同。20 世纪 80 年代中期到 90 年代前期的论者使用“现实主义”概念评价《平凡的世界》的时候,一方面强调它超越了柳青式的具有强烈政治色彩的现实主义,还原了生活的本来面目,表达了个人的真实感受;另一方面强调它虽然处于文学创新浪潮之外,但是依然创造出了较高的文学价值。20 世纪 90 年代后期到新世纪初的论者强调《平凡的世界》的现实主义属于传统的现实主义或经典现实主义,它不但精准地还原了生活的细节,而且给人带来了信心与希望。更值得关注的是 2000 年之后出现的将其视为“制度”的现实主义的观点。如果说上述对《平凡的世界》现实主义的评价是建构性的,那么“制度”的现实主义的观点则是解构性的,它认为《平凡的世界》承袭的是始自 1942 年的“社会主义现实主义”,其依靠体制的力量将现实主义从一种“美学观念”变为一种“制度实践”,《平凡的世界》就是“制度”的现实主义最后一次扎实的实践。

“‘文学事实’意义上的经典”“现实主义‘常销书’”“人生之书”“励志之作”“文学史著作上的缺席者”等评价基本都出现在 2000 年之后,它们的共同之处在于都十分重视大众读者与文学市场之于文学评价与研究的意义,同时也十分重视文学抚慰灵魂的作用。其中涉及的关键问题有两个:一是对读者（特别是大众读者）喜爱《平凡的世界》原因的探究；二是对小说主人公孙少平身上所体现出来的“奋斗精神”的理解。两个问题又同时指向如何从“历史化”角度理解改革的问题。如果说 20 世纪 80 年代的改革现实图景为《平凡的世界》的“励志”因素提供了可靠的现实依据，那么 90 年代之后，随着改革的进一步深化，在改革初期温暖的“承诺”难以“兑现”的社会现实面前，读者再以“励志”的心态去《平凡的世界》中寻找温暖，或者研究者再从“励志”的角度去阐释《平凡的世界》的意义，便不可避免地有了回避尖锐的社会矛盾、曲解《平凡的世界》的嫌疑。

从“历史化”角度检视路遥的文学创作理念以及《平凡的世界》文本所展现的社会历史图景，可以发现：第一，路遥在写作方式的选择、作者自我形象的构建和写作技巧的使用三方面都充满了“历史化”的诉求；第二，小说《平凡的世界》成功地展现了“改革”的“历史化”图景；第三，对于路遥而言，写作《平凡的世界》的社会实践意义大于文学意义，路遥是这样的写作伦理的最后一个实践者，从这个意义上讲，“路遥之后再无路遥”是有道理的；第四，与同时代的《红高粱家族》《古船》相比，《平凡的世界》更加倚重主导意识形态历史与现实言说的框架，过于强调《平凡的世界》中的个人因素是不合时宜的。针对《平凡的世界》所展现的“历史化”图景，有的论者对其作以“社会史考辨”；有的论者从“纯文学”的角度出发，认为其存在诸多“败笔”。还有的论者认为，一方面，《平凡的世界》代表了 20 世纪 80 年代改革文学的成就；另一方面，作为“改革文学”的《平凡的世界》最终还是“失败”了。这种观点深刻地揭示了《平凡的世界》所展现的“历史化”图景的两面性。

当代文化建设的思想资源有三种:混合着青年马克思主义(人道主义的马克思主义)与西方传统人性论,并被本土化了的人道主义;根据时代需要改造了的乡土中国经验;经典马克思主义。同时,它们也是当代文学历史叙事与批评所倚重的对象。当代文学历史叙事的变化与当代文化思想的变迁之间存在着直接对应关系。《古船》是当代文学历史叙事变革时期的重要作品,以上三种文化资源在《古船》的历史叙事中都有所显现。《古船》虽然一方面尽量汲取上述三种文化资源的合理内核,另一方面又努力摈弃它们的不合理之处,但是其效果并不尽如人意。《古船》所面临的困境既是当代文学历史叙事面临的共同难题,也是当代文化建设面临的困境。新时期以来的文学批评与研究根据文学历史叙事的变化而进行的调整,与当代文化建设之间存在着互鉴关系。以《古船》的接受史为例,20 世纪 80 年代的论者争论的焦点在于《古船》对“土改”的描写与评价,虽然主张从人道主义角度对《古船》进行肯定的观点在 80 年代取得了压倒性优势,但是“人道主义”概念本身在 80 年代缺乏深入的理论辨析也是一个不争的事实,这个“隐患”在 90 年代之后的文化建设中逐渐显现。90 年代《古船》的评论者多将目光集中于人道主义的批判性与理想性。90 年代末以后,《古船》研究的重心又转移到对其民间文化因素的开掘上。《古船》接受史从一个侧面反映了三种文化资源在当代文化建设中的存在状态。

一个时期的社会文化心理是这个时期政治、经济与文化状况的整体反映,它一旦形成便具有一定的稳定性,深刻地影响着主体对社会文化现象的价值判断、情感态度和审美体验。文学作为文化的重要组成部分,参与社会文化心理的建构,并受其影响。文学批评作为文学作品意义生成与影响传播的主要力量,既反映社会文化心理,又影响社会文化心理。"酒神精神""历史叙事""民间"是《红高粱家族》接受史上最重要的三个关键词,它们内涵的变化与新时期以来的社会文化心理变迁之间存在着互鉴关系。

《红高粱家族》的"酒神精神"在20世纪80年代多被解读为强力意志、反抗压迫、打破传统。80年代的论者一方面在历史理性框架内肯定小说中所表现的生命意识与强力意志,另一方面在总体上认同小说反传统意义的基础上,对中国传统文化的内涵阐释和态度显现出不小的差异和矛盾。90年代之后,特别是21世纪以来"酒神精神"之于历史叙事的意义以及其自身所蕴含的审美精神成为论者们关注的主要对象。将"酒神精神"视为超越社会学历史观的生命叙事,将《红高粱家族》所体现的美学精神概括为生命本体论美学是21世纪以来论者的主要倾向。从《红高粱家族》接受史角度讲,80年代的论者受到启蒙现代性文化的深刻影响,对"酒神精神"的理解多是建构性的;90年代之后的论者力图突破80年代的启蒙现代性框架,多强调"酒神精神"中的非理性因素与解构性作用。

80年代关于《红高粱家族》历史叙事的评价围绕叙事主体与历史主体问题展开,其实质是对社会主义现实主义文学规范是否应该被打破问题的不同认识。随着李泽厚的"主体性实践哲学"、刘再复的"文学主体性"观点与鲁枢元的文学艺术"向内转"观点被普遍接受,以政治/思想高度"一体化"为生存基础的社会主义现实主义文学规范及其历史观被广泛质疑。在这样的社会文化背景下,《红高粱家族》在历史叙事方面取得的突破为大部分论者所认同。但80年代启蒙理性与历史理性主导的社会文化也规定了论者们更看重小说对历史的“人性”与“人性”的历史的书写。90年代之后,在“新启蒙思潮”成为反思对象的社会文化背景之下,对《红高粱家族》历史叙事的评价也悄然发生了变化。新历史主义视角的引入,使得文学的历史叙事问题不再仅仅是叙述了什么的问题,更是如何叙述的问题。2000年以后,“宏大叙事”再次成为文学创作与评论的焦点,《红高粱家族》的历史叙事与“宏大叙事”的关系得到了评论界的充分关注。从20世纪80年代到新世纪,《红高粱家族》历史叙事中个体与历史的关系一直是论者们关注的重点。80年代的论者多关注个体在历史叙事中的合法性问题,虽然启蒙人文精神强烈,但也不可避免地陷入了“二元对立”思维模式的陷阱,未能充分开掘《红高粱家族》历史叙事中个体与历史关系的复杂性。90年代之后,特别是21世纪以来这样的状况得到了改善。

1994年,陈思和的两篇文章——《民间的浮沉:从抗战到文革文学史的一个解释》(《上海文学》第1期)与《民间的还原:文革后文学史某种走向的解释》(《文艺争鸣》第1期)的发表,使得“民间”成为当代文学研究领域重要的学术研究概念。2001年,莫言在苏州大学“小说家讲坛”上所作的题为《文学创作的民间资源》的演讲,使得莫言成为新时期以来最具“民间”色彩的作家之一。20世纪90年代以后,《红高粱家族》的论者不再将“民间”视为“愚昧”“落后”之地,也不再将之与“传统”“民族”等大而化之的概念等同,开掘“民间”的独立的美学价值成为评论文章的重要主题。从“民间”与知识分子立场、人文精神的关系出发，研究《红高粱家族》中“民间”的复杂内涵，是90年代之后论者的重要研究思路。

《红高粱家族》两次重要的影视剧改编对其传播与接受产生了不小的影响，特别是许多没有看过小说原著的大众观众主要通过影视剧形式来了解《红高粱家族》。从某种意义上说，影视剧《红高粱》是作为精英文学经典的小说《红高粱家族》跨向大众文化经典的桥梁。

《平凡的世界》《古船》以及《红高粱家族》代表了20世纪80年代文学的最高成就，它们不仅是新时期文学变革的源头，而且对新时期以来的社会精神生活与文化变革产生了重要影响；它们的接受史不仅反映了新时期以来文学批评与研究理论的转向，而且与社会文化心理的变迁形成一种互鉴关系。

参考文献

一、著作、论文集

1.[法]罗贝尔·埃斯卡皮:《文学社会学》,王美华、于沛译,安徽文艺出版社 1987 年版。

2.[德]H.R.姚斯、[美]R.C.霍拉勃:《接受美学与接受理论》,周宁、金元浦译,辽宁人民出版社 1987 年版。

3.[德]伊瑟尔:《阅读行为》,金惠敏等译,湖南文艺出版社 1991 年版。

4.[美]弗雷德里克·詹姆逊:《政治无意识——作为社会象征行为的叙事》,王逢振、陈永国译,中国社会科学出版社 1999 年版。

5.[法]皮埃尔·布迪厄:《艺术的法则:文学场的生成和结构》,刘晖译,中央编译出版社 2001 年版。

6.[德]卡尔·曼海姆:《重建时代的人与社会:现代社会结构的研究》,张旅平译,三联书店 2002 年版。

7.［德］马克斯·霍克海默、西奥多·阿道尔诺:《启蒙辩证法:哲学断片》,渠敬东、曹卫东译,上海人民出版社 2003 年版。

8.［荷］D. 佛克马、E. 蚁布思:《文学研究与文化参与》,俞国强译,北京大学出版社 1996 年版。

9.［德］卡尔·曼海姆:《意识形态与乌托邦》,黎鸣、李书崇译,三联书店 2011 年版。

10.［德］尼采:《尼采读本》,周国平译,作家出版社 2012 年版。

11. 中共中央文献研究室编:《三中全会以来重要文献选编(下)》,人民出版社 1982 年版。

12. 中国社会科学院文学研究所当代文学研究室编:《新时期文学六年(1976.10～1982.9)》,中国社会科学出版社 1985 年版。

13. 宋耀良:《十年文学主潮》,上海文艺出版社 1988 年版。

14. 路遥:《早晨从中午开始》,西北大学出版社 1992 年版。

15. 张京媛主编:《新历史主义与文学批评》,北京大学出版社 1997 年版。

16. 孔范今主编:《二十世纪中国文学史》,山东文艺出版社 1997 年版。

17. 陈思和主编:《中国当代文学史教程》,复旦大学出版社 1999 年版。

18. 洪子诚:《中国当代文学史》,北京大学出版社 1999 年版。

19. 汪晖:《死火重温》,人民文学出版社 2000 年版。

20. 陶东风:《文化研究:西方与中国》,北京师范大学出版社 2002 年版。

21. 陈超:《打开诗的漂流瓶》,河北教育出版社 2003 年版。

22. 靳大成主编:《生机——新时期著名人文期刊素描》,中国文联出版社 2003 年版。

23. 邵燕君:《倾斜的文学场:当代文学生产机制的市场化转型》,江苏人民出版社 2003 年版。

24. 陈平原、[日]山口守编:《大众传媒与现代文学》,新世界出版社 2003 年版。

25. 朱立元:《接受美学导论》,安徽教育出版社 2004 年版。

26. 程光炜主编:《大众媒介与中国现当代文学》,人民文学出版社 2005 年版。

27. 黄发有:《媒体制造》,山东文艺出版社 2005 年版。

28. 孔范今、施战军主编:《张炜研究资料》,山东文艺出版社 2006 年版。

29. 孔范今、施战军主编:《莫言研究资料》,山东文艺出版社 2006 年版。

30. 雷达主编:《路遥研究资料》,山东文艺出版社 2006 年版。

31. 查建英主编:《八十年代访谈录》,三联书店 2006 年版。

32. 王蒙:《王蒙自传》第 2 部《大块文章》,花城出版社 2007 年版。

33.李建军、邢小利编选:《路遥评论集》,人民文学出版社2007年版。

34.李建军编:《路遥十五年祭》,新世界出版社2007年版。

35.程光炜:《文学讲稿:“八十年代”作为方法》,北京大学出版社2009年版。

36.程光炜:《文学史的兴起——程光炜自选集》,河南大学出版社2009年版。

37.杨庆祥等:《文学史的多重面孔——八十年代文学事件再讨论》,北京大学出版社2009年版。

38.陈晓明:《中国当代文学主潮》,北京大学出版社2009年版。

39.贺桂梅:《“新启蒙”知识档案——80年代中国文化研究》,北京大学出版社2010年版。

40.陈思和:《新文学整体观续编》,山东教育出版社2010年版。

41.严家炎主编:《二十世纪中国文学史》,高等教育出版社2010年版。

42.雷达:《重建文学的审美精神:雷达文艺评论精品》,北京师范大学出版社2010年版。

43.程光炜、杨庆祥主编:《文学史的潜力:人大课堂与八十年代文学》,文化艺术出版社2011年版。

44.程光炜:《当代文学的“历史化”》,北京大学出版社2011年版。

45.刘洪霞:《争鸣的场景——七八十年代之交文学“争鸣”研究(1978~1984)》,海天出版社2011年版。

46. 董健、丁帆、王彬彬主编:《中国当代文学史新稿》,北京师范大学出版社 2011 年版。

47. 孟繁华、程光炜:《中国当代文学发展史》(修订版),北京大学出版社 2011 年版。

48. 杨义主编:《中国当代文学研究(1949～2009)》,社会科学出版社 2011 年版。

49. 张清华:《中国当代文学中的历史叙事》,北京大学出版社 2012 年版。

50. 陈思和:《思和文存》第 2 卷《文学史理论新探》,黄山书社 2013 年版。

51. 温儒敏、赵祖谟主编:《中国现当代文学专题研究》(第 2 版),北京大学出版社 2013 年版。

52. 洪子诚:《问题与方法:中国当代文学史研究讲稿》,三联书店 2015 年版。

53. 延安大学中国当代现实主义文学与路遥研究中心编:《路遥,路遥:〈路遥传〉评论・访谈集》,湖南文艺出版社 2016 年版。

二、期刊、报纸文章

1. 邓小平:《在中国文学艺术工作者第四次代表大会上的祝辞(一九七九年十月三十日)》,《文学评论》1979 年第 6 期。

2. 周扬:《继往开来,繁荣社会主义新时期的文艺》,1979 年 11 月 20 日《人民日报》。

3. 周国平:《略论尼采哲学》,《哲学研究》1986 年第 6 期。

4.一评:《一部具有内在魅力的现实主义力作——路遥长篇小说〈平凡的世界〉(第一部)讨论会纪要》,《小说评论》1987年第2期。

5.雷达:《民族心史的一块厚重碑石——论〈古船〉》,《当代》1987年第5期。

6.陈宝云:《张炜对自己的超越——评〈古船〉》,《当代作家评论》1987年第2期。

7.季红真:《忧郁的土地,不屈的精魂——莫言散论之一》,《文学评论》1987年第6期。

8.李星:《执着于现实的非现实主义之作——评张炜的〈古船〉》,《文艺争鸣》1987年第5期。

9.雷达:《历史的灵魂与灵魂的历史——论〈红高粱〉系列小说的艺术独创性》,《昆仑》1987年第1期。

10.宋遂良:《真实的人生,完整的人性——〈古船〉人物漫议》,《当代作家评论》1987年第2期。

11.雷达:《灵性激活历史——〈红高粱〉〈灵旗〉〈第三只眼〉纵横谈》,《上海文学》1987年第1期。

12.黎辉、曹增渝:《历史的道路与人性的冥想——评〈古船〉中对苦难的思索》,《小说评论》1987年第5期。

13.冯立三:《沉重的回顾与欣悦的展望——再论〈古船〉》,《当代》1988年第1期。

14.江春:《历史的意象与意象的历史——莫言长篇小说〈红高粱家族〉得失谈》,《齐鲁学刊》1988年第4期。

15.鲁枢元:《从深渊到峰巅——关于〈古船〉的评论》,《当代作家评论》1988年第2期。

16.陈思和:《关于长篇小说结构模式的通信》,《当代作

家评论》1988 年第 3 期。

17. 陈涌:《我所看到的〈古船〉》,《当代》1988 年第 1 期。

18. 陈炎:《生命意志的弘扬,酒神精神的赞美——以尼采的悲剧观释莫言的〈红高粱家族〉》,《南京社联学刊》1989 年第 1 期。

19. 赵祖汉:《因果报应的背后——〈古船〉与〈浮躁〉漫议》,《文学自由谈》1989 年第 5 期。

20. 王彬彬:《悲悯与慨叹——重读〈古船〉与初读〈九月寓言〉》,《当代作家评论》1993 年第 1 期。

21. 陈思和:《民间的浮沉:对抗战到文革文学史的一个尝试性解释》,《上海文学》1994 年第 1 期。

22. 陈思和:《民间的还原:文革后文学史某种走向的解释》,《文艺争鸣》1994 年第 1 期。

23. 郜元宝:《"意识形态"与"大地"的二元转化——略说张炜的〈古船〉和〈九月寓言〉》,《社会科学》1994 年第 7 期。

24. 孙先科:《"新历史小说"的意识形态特征》,《当代文坛》1995 年第 6 期。

25. 唐韧:《百年屈辱,百年荒唐——〈丰乳肥臀〉的文学史价值质疑》,《文艺争鸣》1996 年第 3 期。

26. 彭荆风:《视觉的瘫痪——评〈丰乳肥臀〉》,《文艺理论与批评》1996 年第 5 期。

27. 王岳川:《新历史主义的文化诗学》,《北京大学学报》(哲学社会科学版)1997 年第 3 期。

28. 汪晖:《当代中国的思想状况与现代性问题》,《天涯》1997 年第 5 期。

29. 陈涌:《关于陈忠实的创作》,《文学评论》1998 年第 3 期。

30. 张旭东:《重访八十年代》,《读书》1998 年第 2 期。

31. 何国瑞:《歌颂革命暴力、爱国主义和国际主义的文艺——社会主义文艺本质论之二》,《武汉大学学报》(哲学社会科学版)1999 年第 6 期。

32. 毛崇杰:《“关中大儒”非“儒”也》,《文学评论》1999 年第 1 期。

33. 王晋生:《论尼采的酒神精神》,《山东大学学报》(哲学社会科学版)2000 年第 3 期。

34. 王光东:《民间与启蒙——关于九十年代民间争鸣问题的思考》,《当代作家评论》2000 年第 5 期。

35. 李杨:《当代文学史写作:原则、方法与可能性——从陈思和主编的〈中国当代文学史教程〉谈起》,《文学评论》2000 年第 3 期。

36. 李陀、李静:《漫说“纯文学”——李陀访谈录》,《上海文学》2001 年第 3 期。

37. 谭桂林:《论〈白鹿原〉的家族母题叙事》,《河北学刊》2001 年第 2 期。

38. 陈思和:《莫言近年小说创作的民间叙述》,《钟山》2001 年第 5 期。

39. 周宪:《文化研究:学科抑或策略?》,《文艺研究》2002 年第 4 期。

40. 李杨:《“文学史意识”与“五十至七十年代中国文学”》,《江汉论坛》2002 年第 3 期。

41. 邵燕君:《〈平凡的世界〉不平凡——“现实主义常销

书”生产模式分析》,《小说评论》2003 年第 1 期。

42. 张清华:《叙述的极限——论莫言》,《当代作家评论》2003 年第 2 期。

43. 周宪:《现代性的张力:从二元范畴看》,《社会科学战线》2003 年第 5 期。

44. 贺绍俊:《重构宏大叙述——关于当代文学批评的检讨》,《中国社会科学》2004 年第 6 期。

45. 余虹:《艺术:无神世界的生命存在——尼采的艺术形而上学与现代性问题》,《中国社会科学》2005 年第 4 期。

46. 张清华:《莫言与新历史主义文学思潮——以〈红高粱家族〉、〈丰乳肥臀〉、〈檀香刑〉为例》,《海南师范学院学报》(社会科学版)2005 年第 2 期。

47. 贺桂梅:《先锋小说的知识谱系与意识形态》,《文艺研究》2005 年第 10 期。

48. 李杨:《重返“新时期文学”的意义》,《文艺研究》2005 年第 1 期。

49. 童庆炳:《文学经典建构诸因素及其关系》,《北京大学学报》(哲学社会科学版)2005 年第 5 期。

50. 雷颐、止庵:《三十年的私人阅读史》,2005 年 7 月 6 日《中华读书报》。

51. 南帆:《文化的尴尬——重读〈白鹿原〉》,《文艺理论研究》2005 年第 2 期。

52. 旷新年:《莫言的〈红高粱〉与“新历史小说”》,《杭州师范学院学报》(社会科学版)2005 年第 4 期。

53. 张志忠:《现代民族共同体的想象与认同——论“十七年文学”的现代性品格》,《文史哲》2006 年第 1 期。

54.邵燕君:《“宏大叙事”解体后如何进行“宏大的叙事”?——近年长篇创作的“史诗化”追求及其困境》,《南方文坛》2006年第6期。

55.彭少健、张志忠:《略论当下中国文学的宏大叙事》,《文学评论》2006年第6期。

56.吴义勤:《乡土经验与“中国之心”——〈秦腔〉论》,《当代作家评论》2006年第4期。

57.洪治纲:《“史诗”信念与民族文化的深层传达——论刘醒龙的长篇小说〈圣天门口〉》,《当代作家评论》2006年第6期。

58.程光炜:《一个被重构的“西方”——从“现代西方学术文库”看八十年代的知识范式》,《当代文坛》2007年第4期。

59.格非、李建立:《文学史研究视野中的先锋小说》,《南方文坛》2007年第1期。

60.杨庆祥:《路遥的自我意识和写作姿态——兼及1985年前后“文学场”的历史分析》,《南方文坛》2007年第6期。

61.曹书文:《〈古船〉:当代家族叙事的经典文本》,《河南师范大学学报》(哲学社会科学版)2007年第5期。

62.吴金涛:《酒神精神与人的艺术的救赎》,《名作欣赏》2007年第4期。

63.莫言、杨庆祥:《先锋·民间·底层》,《南方文坛》2007年第2期。

64.荆亚平:《改革开放30年文学“宏大叙事”的问题与反思》,《理论与创作》2008年第5期。

65.贺绍俊:《现实主义——探索意义重建》,2008年10

月 10 日《人民日报》。

66. 程光炜:《文学史研究的“当代性”问题》,《文艺争鸣》2008 年第 11 期。

67. 宋剑华:《知识分子的民间想象——论莫言〈红高粱家族〉故事叙事的文本意义》,《广东社会科学》2009 年第 2 期。

68. 赵牧:《“重返八十年代”与“重建政治维度”》,《文艺争鸣》2009 年第 1 期。

69. 程光炜:《历史回叙、文学想象与“当事人”身份——读〈八十年代访谈录〉并论对“80 年代”的认识问题》,《文艺争鸣》2009 年第 2 期。

70. 南帆:《现代主义、现代性与个人主义》,《南方文坛》2009 年第 4 期。

71. 袁红涛:《宗族村落与民族国家:重读〈白鹿原〉》,《文学评论》2009 年第 6 期。

72. 马相武:《宏大叙事与文学主流》,2009 年 9 月 8 日《中国艺术报》。

73. 池笑琳:《宏大叙事在当下文学艺术中的价值和意义》,《文艺理论与批评》2009 年第 6 期。

74. 孟繁华:《失去方向的文学缺乏力量》,2009 年 12 月 26 日《人民日报》。

75. [日]加藤三由纪:《重读八十年代文学——以“重返八十年代文学现场”为根据》,孙放远译,《当代作家评论》2010 年第 1 期。

76. 王尧:《在个人与时代紧张关系中生长的哲学与诗学——关于张炜的阅读札记》,《扬子江评论》2010 年第 2 期。

77. 洪子诚:《"作为方法"的"八十年代"》,《文艺研究》2010 年第 2 期。

78. 贺桂梅:《打开六十年代的"原点":重返八十年代文学》,《文艺研究》2010 年第 2 期。

79. 程光炜、杨庆祥:《文学、历史和方法》,《当代作家评论》2010 年第 3 期。

80. 陈思和:《土改中的小说与小说中的土改——六十年文学话土改》,《南京大学学报》(哲学·人文科学·社会科学版)2010 年第 4 期。

81. 罗岗:《在"缝合"与"断裂"之间——两种文学史叙述与"重返八十年代"》,《文艺研究》2010 年第 2 期。

82. 黄平:《重返八十年代与当代文学的变局》,《当代作家评论》2010 年第 3 期。

83. 赵黎波:《"重返八十年代"与"十七年文学"研究》,《理论与创作》2010 年第 2 期。

84. 张伟栋:《李泽厚与八十年代的文化逻辑》,《文艺争鸣》2010 年第 9 期。

85. 程光炜:《我们如何整理历史——十年来"十七年文学"研究潜含的问题》,《文艺研究》2010 年第 10 期 。

86. 黄平:《从"劳动"到"奋斗"——"励志型"读法、改革文学与〈平凡的世界〉》,《文艺争鸣》2010 年第 3 期。

87. 陈晓明:《"动刀":当代小说叙事的暴力美学》,《社会科学》2010 年第 5 期。

88. 梁胜明:《"告别革命论"的图解和演义——论陈忠实〈白鹿原〉兼及雷达、陈晓明等同志的评论》,《甘肃高师学报》2010 年第 3 期。

89. 马德生:《关于文学宏大叙事的几点思考》,《河北大学学报》(哲学社会科学版)2011 年第 4 期。

90. 陈晓明:《"历史化"与"去一历史化"——新世纪长篇小说的多文本叙事策略》,《杭州师范大学学报》(社会科学版)2011 年第 2 期。

91. 颜水生:《论当代"历史化"思潮及其反思》,《南方文坛》2011 年第 2 期。

92. 马德生:《后现代语境下文学宏大叙事的误读与反思》,《文艺评论》2011 年第 5 期。

93. 程光炜:《"我"与这个世界——徐星〈无主题变奏〉与当代社会转型的关系问题》,《南方文坛》2011 年第 3 期。

94. 张清华:《重审"80 年代文学"——一个宏观的文学史考察》,《文艺争鸣》2011 年第 12 期。

95. 张伟栋:《"重返八十年代"的历史关联及其文学史效应——论程光炜的"重返八十年代"研究》,《文艺争鸣》2011 年第 12 期。

96. 张旭东、徐勇:《"重返八十年代"的限度及其可能——张旭东教授访谈录》,《文艺争鸣》2012 年第 1 期。

97. 赵黎波:《站在"启蒙"之外的反思——"重返八十年代"对启蒙主义文学观的清理》,《文艺争鸣》2012 年第 4 期。

98. 阎浩岗、李秋香:《"反着写"的偏颇——〈丰乳肥臀〉对"革命历史小说"的彻底颠覆及其意味》,《河北大学学报》(哲学社会科学版)2012 年第 1 期。

99. 温儒敏:《"文学生活":新的研究生长点》,《中国现代文学研究丛刊》2012 年第 8 期。

100. 吴中杰:《回归"五四":中国文学的出路》,《学术月刊》2013 年第 12 期。

101. 鲁枢元:《开启“启蒙之蒙”——与王治河樊美筠对话第二次启蒙》,《江苏社会科学》2013 年第 5 期。

102. 韩琛:《“民国机制”与“延安道路”——中国现代文学史研究的范式冲突》,《文学评论》2013 年第 6 期。

103. 旷新年:《文学史视阈的转换——论 1950、1980 和 1990 年代的文学史叙事》,《中国现代文学研究丛刊》2013 年第 1 期。

104. 程光炜:《引文式研究:重寻“人文精神讨论”》,《文艺研究》2013 年第 2 期。

105. 彭海云:《论 1980 年代文学批评的突破与局限——从“重返 80 年代”及 1990 年代文学批评谈起》,《文艺争鸣》2013 年第 1 期。

106. 温儒敏:《“文学生活”概念与文学史写作》,《北京大学学报》(哲学社会科学版)2013 年第 3 期。

107. 方岩:《“80 年代”与“新时期文学”:以思维特征、主题词汇、修辞倾向为例考察 1980 年代文学批评史的一种视角》,《文艺争鸣》2014 年第 3 期。

108. 马德生:《论新世纪长篇小说对宏大叙事的重构与超越》,《文艺评论》2014 年第 5 期。

109. 毕飞宇、张莉:《一个好吃的人最终做了厨子——关于现代主义文学的对谈》,《南方文坛》2015 年第 2 期。

110. 郝庆军等:《〈平凡的世界〉:历史与现实》,《文艺理论与批评》2015 年第 5 期。

111. 旷新年:《重新思考左翼文学》,《文艺理论与批评》2015 年第 1 期。

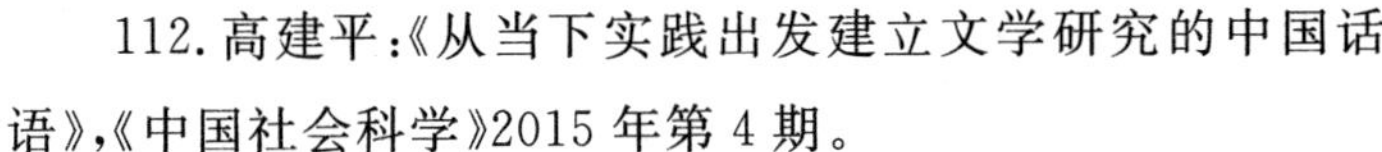

112. 高建平:《从当下实践出发建立文学研究的中国话语》,《中国社会科学》2015 年第 4 期。

113. 张均:《“十七年文学”研究的分歧、陷阱与重建》,《文艺争鸣》2015 年第 2 期。

114. 郜元宝:《为鲁迅的话下一注脚——〈古船〉重读》,《当代作家评论》2015 年第 2 期。

115. 李茂民:《论莫言小说的苦难叙事——以〈丰乳肥臀〉和〈蛙〉为中心》,《东岳论丛》2015 年第 12 期。

116. 王学谦:《〈红高粱家族〉与莫言小说的基本结构》,《当代作家评论》2015 年第 6 期。

117. 王士强:《历史与人类学的双重悲歌——论〈丰乳肥臀〉》,《小说评论》2016 年第 5 期。

118. 周蕾:《“中国故事”的另一种讲法——从〈丰乳肥臀〉说起》,《小说评论》2016 年第 5 期。

119. 黄平:《“新时期文学”起源考释》,《文学评论》2016 年第 1 期。

120. 孟繁华、张清华:《尚待完成的批评变革》,《文艺争鸣》2016 年第 2 期。

121. 吴秀明:《后现代主义语境中的知识重构与学术转向——当代文学“历史化”的谱系考察与视阈拓展》,《文艺理论研究》2016 年第 4 期。

122. 黄平:《“现代派”讨论与“新时期文学”的分化》,《扬子江评论》2016 年第 4 期。

123. 陈思:《〈平凡的世界〉的社会史考辨:逻辑与问题》,《文学评论》2016 年第 4 期。

124. 王金胜:《〈红高粱家族〉与莫言文学的内质》,《中国现代文学研究丛刊》2016 年第 6 期。

125. 王达敏:《反思“土改”暴力的第三种写法——方方长篇小说〈软埋〉阐释》,《文艺研究》2017 年第 2 期。

126. 房伟:《〈白鹿原〉经典化问题考察》,《当代作家评论》2017 年第 1 期。

三、学位论文

1. 李明德:《当代中国文化语境中的文学期刊研究》,兰州大学博士学位论文,2006 年。

2. 易图强:《新中国畅销书历史嬗变及其与时代变迁关系研究(1949.10～1989.5)》,湖南师范大学博士学位论文,2011 年。

3. 刘坚:《媒介文化思潮与当代文学观念》,吉林大学博士学位论文,2012 年。